投降的勇氣

Courage To Surrender

ROAD 001

湯米・赫爾斯頓——著

趙丕慧 譯

推薦

在軟弱中得著眞實的力量

蘇絢慧（馬偕醫院協談中心諮商心理師）

《投降的勇氣》是一本好看的書。好看的，不只這是一本貼近生命的書，而是可以幫助人和自己深層、眞實的對話，從中面對自己，療癒自己。也就能理解，何以赫爾斯頓被譽爲「國家治療師」。

赫爾斯頓是一位芬蘭的心靈治療師，執業已三十多年，我在他的字裡行間仍看見他持續以充滿愛的心與具有洞察的眼和生命對話，用一種近距離的方式和讀者沉穩的談著那些，在人心中那最隱微的心靈角落所深藏的軟弱、失落與傷痛，還有懼怕、不安與粗暴。當然，他也像一個慈藹的智者引領著讀者一步一步的走過自我整合的道路，邁向成長。

台灣受西方現代主義與資本主義影響下，人們總是汲汲營營盤算著自己的人生，如何的付出如何的收成，又計算著怎樣可以走一條捷徑獲取自己要的成功目標。而在長期的社會文化與歷史運作下，我們的家庭也影響我們，讓我們以為一個強者是不該有軟弱，也不該有缺點與限制的。甚至，認為軟弱是羞恥的，軟弱代表一個人的無能，與失敗。以致，我們奮力追求無可挑剔的完美強人，以為只要追求到了完美地位，我們就能擺脫軟弱與羞愧的記憶與經驗。

這是一連串的謬思，也是導致我們活得越來越破碎與分裂的原因。真實的我們，心靈可能早已傷痕累累了，卻還是要故作堅強，假裝一切無傷無痛無影響。我們沒有勇氣對自己誠實，自然也會要別人不要對自己誠實。我們不允許自己軟弱，自然也不准他人可以軟弱。

我們因此活得無法再與自己靠近，也無法與他人的生命靠近。

這樣的堅強，不是從內在生出的眞實力量，而是為了抵抗外在眼光與評價的防護盔甲，為了保護內在不安與恐懼的心，即使盔甲剛硬、沉重，也不能卸下。

赫爾斯頓透過這本書告訴我們，如果我們有愛，這愛會陪伴與帶領我們認識眞實的自己，愛中沒有羞愧，愛裡也沒有懼怕。愛可以讓我們走在人生最低落處時，生長出對生命的擁抱與慈悲。

而我這麼深深相信。當我們承認了自己的軟弱，承認自己沒有那麼堅強時，我們才能開始不拋棄生命，不試圖再靠堅強來杜絕自己所需要的愛與接納。也不在夜深人靜時，再惡毒的唾罵自己怎麼可以軟弱、沒用，怎麼可以渴望愛與擁抱。

雖然這是一本來自芬蘭治療師所寫的著作，也是一本蘊含著基督教信仰意涵的書籍，但我閱讀起來卻有許多生命連結，也認爲這是一本跨越文化的人世智慧，即使您可能不是基督教信徒，都可能藉此與您的內在神性相連，也尋回您人生失落已久的勇氣、愛，與心，眞正成爲有生命氣息的「人」，眞實的成爲自己。

關於蘇絢慧

目前在醫院擔任諮商心理師，除了個人諮商服務之外，熱愛帶領工作坊、成長團體。已出版：《因愛誕生：一段父親帶我回家的路》、《於是，我可以說再見》、《喪慟夢》（金鼎獎社會科學類推薦優良好書）、《生命河流》、《這人生》、《請容許我悲傷》（金鼎獎社會科學類推薦優良好書）、《死亡如此靠近》（金鼎獎文學類推薦優良好書）。

《投降的勇氣》讓我最震撼的閱讀經驗

長踞歐洲暢銷排行榜　口碑燃燒

《投降的勇氣》這是一本值得一看再看的書，因為觸碰到人的心靈深處。軟弱會產生力量，謙卑能帶來希望……作者的字裡行間，讓讀者有一種被照亮的喜悅。

——空中英語教室及救世傳播協會創辦人　彭蒙惠 推薦

Doris Brougham

當我選擇剛強的武裝，別人只好這樣對待我。
當我試著投降，竟獲得擁抱。

——音樂人黃建為 推薦

正視自己的弱點只是暫時的難堪，投降過後之後的難題是克服，這本書能讓你認識不同以往的自己！

——知名節目主持人李晶玉

《投降的勇氣》字字都是愛與生命不容否認的真相。

——安．W．史密斯，《克服完美主義》作者

湯米．赫爾斯頓教導我們：和弱點交朋友，放棄一廂情願的幻想、完美、權利，也是可以成長的。

——肯尼斯．史帝福勒博士，《自殺、絕望與心靈痊癒》作者

《投降的勇氣》是一本和諧、流暢、明晰的非小說 —— 而且頗為言簡意賅。議題間的轉換也因為主題環環相扣而極為平順。而本書最大的價值在於它具體實用的性質。赫爾斯頓是向我們所有人發言。

頗為可佩的是赫爾斯頓並不掩飾他的基督徒觀點，由於他的開誠佈公，他避開了隱晦，不連貫，與操縱的隱藏意圖——一切輔導員與心理學家的陷阱。

——Jari O. Hiltunen, Satakunnan Kansa

是的，赫爾斯頓比前幾本書要來得靈性。他談到一個兩千年悠久歷史的傳統，但是他的遣詞造句新鮮不老舊，也回響了那些結結巴巴念不出偽裝成神聖的語言因而對大話免疫的人的心聲。

幸好，赫爾斯頓聚焦在我們的時代。他書中的男女英雄都是普通人，有勇氣拋棄死氣沉沉的婚姻，辭退不健康職場的工作，或是停止無止盡的奔波勞碌。

——*Helena Rintala, Etel -Saimaa*

我一直對赫爾斯頓存疑：那個人那麼受歡迎，我總覺得他不可能是天才。可是讀完了《投降的勇氣》第一章，我這才明白以前我可能錯了。

赫爾斯頓把知性在人生中的角色描繪得很高明：假如知性的力量萬能，人類早就獲救了。我還不知道他對人生的大哉問提供了什麼替代的方案，但是我相信必是個工具，與感情，本能，道德，人心有關。我得先看完這本書。

不過——赫爾斯頓萬歲！總算有人夠膽，敢質疑冷冰冰的理性的至尊權威了。

——*Outi Airola, Keskipohjanmaa*

《投降的勇氣》充滿了智慧——有時候到了令人無法招架的程度。這本書十分值得一讀；不過需要慢慢咀嚼思索，因為它提出了讀者需要想通的議題。湯米．赫爾斯頓結合了心理學，治療法，基督教信仰，以及十二步驟運動的經驗，創造出可信可靠的綜合理論。

——*Håkan Stenow, Bcker & AV-media*

內人送我《投降的勇氣》。起初我抗拒著不想讀——可能是因為赫爾斯頓是炙手可熱的人物，而我喜歡自視為獨立的心靈，不隨流俗。也可能是因為書是內人推薦的，而我這大丈夫豈可聽婦人之言。

現在，讀了這本書，我可以加上第三個理由：我們總反對改變，縱然是變得更好。《投降的勇氣》是長久以來最讓我震憾的閱讀經驗。我開始在覺得重要或寫得格外美的句子下劃線，而書上的每一頁幾乎沒有一處沒有線條。

——*Eero Junkkaala, Uusi Tie*

INDEX

致讀者

當初動筆我並沒想到這本書會是我前幾本書的撮要和綜論。我的第一本書是十八年前完成的，過了這麼些年我才對本書討論的話題有了深刻的了解。

這些年來我經歷了一連串的個人成長，主要是在探索我在治療師這一行發現的人心和猶太基督教傳統數千年來所教導的人性，這兩者之間有什麼關聯。我在一九七○年末期踏上這個旅程，那時我對基督教會以及它在生命與人性方面的傳統教誨很灰心。我覺得在我最難過的時候，這些東西並沒有給我任何幫助。於是我放棄了信仰和靈性，轉而內省，正面和我個人一直懼怕的過去對峙。我開始面對我的痛苦、哀愁、還有拋在童年的一切。

旅途中，我和拋棄的東西一一碰面：靈性及信仰。如今，我自己也沒料到靈性竟眞在我的內心迴響。我慢慢了解到過去我想從信仰尋求幫助，其實我眞正做的是逃避自己。我利用信仰和靈性來當庇護所，以爲能就此閃避我衷心畏懼的東西。換句話說，我是想要跳上上帝的大腿，閉上眼不去看現實。幸好，我的痛苦變得太劇烈，就連信仰也沒辦法止痛。

等我選擇了發現自我之後，我以爲我是放棄了上帝。不過，我放棄的其實是我對上帝的錯誤觀念。面對自己，我也面對了現實。現實就在我心中——而上帝也在那裡。我一明白了這件事，我的信仰就變得更加堅定。

這本書是想描述我這個發現的意義——讓我們的靈性傳承發聲，使用那些緩緩向我道出古老眞理的語言。我在此邀請讀者諸君來參與這個過程，我已經浸淫其中三十多年了。這趟旅程能夠打開我們的眼睛，看見基督信仰的豐富。

我們的文化把這一分豐富隱藏在宗教教義和假作神聖的語言之後。所以我尤其要敦請那些憎惡基督教觀念和宣言的讀者加入這趟旅程，因爲基督信仰的眞諦仍在這些讀者的理解之外。我盡量用我自己的話來表達這些眞理，避免扭曲其中的關鍵訊息。

生而爲人，我們唯有在感知到有人愛我們之後，才能找到眞正的人生和定位。而除非我們承認自身的軟弱與無能爲力，否則我們找不到這份愛的奇蹟。沒有捷徑。我們只能從軟弱中取得力量。所以我才會討論這個自相矛盾的說法。基督教的精髓就可以用這個說法一言以蔽之。它是一扇小門，一條窄路，通往生命。

我希望讀者能慢慢讀這本書。重點不在於你讀這本書，重點在於這本書讀你。

——湯米・赫爾斯頓

前言

受夠了堅強

一開始似乎是十全十美。有個英俊的年輕人，波浪般的金髮覆著額頭。還有一位每個男孩都仰慕的黑髮美女。我猜我父親很得意能夠贏得鎮上最美的女孩子芳心。說不定我母親，在十九之齡，也很得意能夠迷住樂隊的金髮吉他手，那個笑容充滿深意、眼神渴盼的男人。生命充滿了希望。

後來這個年輕的美人懷孕了。夏季某一晚，她臣服在那雙沉思的眼眸下，一夕之間，天翻地覆：兩人的浪漫史變成了悲劇，綁住了他們兩個。女孩仍想要盡情享受青春，感覺自由自在，征服無數的異性，體會美麗容顏的種種好處。可是太早了，太快了，人生緊緊攫住了他們。

女孩的母親以嚴厲聞名，所以當然不能跟她透露懷孕的事。於是年輕人和女孩決定結婚，馬上結婚，以免有人起疑。

我來到人間純屬意外，是他們夏日縱情後驚人可恥的結果。我會知道是因爲我父親有一次在談話中觸及這個話題——隨後就又說到他的從軍經驗，任我因爲這消息而目瞪口呆。

雖然婚結得倉促，但是這對新婚夫婦卻打造了一個美麗的家，歡喜迎接新生兒降臨。我後來知道我外婆得意洋洋的抱著她的外孫給鄰居看。我父親是攝影師，有上百張的相片照的是我父母跟我，鍾愛的小男嬰。在我們的家庭電影中，我看見的似乎是五〇年代理想家庭的生活：我父親，高大英俊，打領帶、戴灰色軟呢帽；我母親，魅力十足，而且對時尚的嗅覺絕對敏銳，推著一輛嬰兒車。兩人似乎都很健康快樂。

其實他們的關係卻像定時炸彈——他們缺少了從戀愛過渡到相愛所需要的元素。我母親年紀太輕，就是沒辦法放棄吸引男人注目的小小嗜好；她珍視自己的魅力，爲滿足自己而運用魅力。我父親的醋意越來越濃，開始藉酒澆愁，他們吵架的次數越來越多，無法再重拾戀愛的喜悅。起初父親只在社交場合喝酒，也不過量，但是幾年之後，就越喝越兇了。也可能他喝酒是要報復母親的賣弄風情。漸漸的，一家之主不復存在。

我父親在認識我母親之前就有一分小小的事業，婚後夫妻兩人攜手同心，經營得倒也有聲有色。他第一次酒駕被捕，入獄服刑三個月，她承擔起更多責任，在生意和家庭中的地位都更加重要。而他越沒有地位，酒就喝得越兇——但即使總是醉醺醺的，他仍準時上班，沒多久全鎮的人都知道了他的酗酒問題。儘管我們很自信沒有人知道我家的秘密，其實大家已經管我們叫酒鬼的家了。

我父親沉溺酒鄉二十年，只有兩次例外：一次是因酒駕被判刑，一次是他被迫就醫。

我想像中的童年家庭是沒有人在家——雖然父母親人在，心卻不在。我的父母親滿腦子都是自己的痛苦和不滿足的需求，所以壓根沒有東西可以給他們的孩子；畢竟自己都沒有的東西又怎能夠給別人呢？他們需要協助；可是，我們家是誰都不會開口求助的。最要緊的是保持美好的假象：就是因爲沒有一樣好，才要拚命裝出個樣子來。恥辱必須不計代價隱藏起來。我記得有一次，那年我十四歲，在電影院裡等著電影開場，我後面坐了一群人，他們談起了某個笨蛋酒鬼捅的樓子。等我明白他們談論的人居然是我父親，我簡直是羞辱到了極點。

多年來，恥辱成了我們家庭的一分子。我們從不討論這個新成員；我們從不讓它引起的悲傷、憤怒、尷尬顯露在外。我看不見自己的寂寞、憂愁、羞恥，因爲沒有人看得見它。我甚至還學會了拿我父親的酗酒來說俏皮話。我們調整自己來適應恥辱，而恥辱成了我們的日常生活，要求越來越多的空間。那就好像是一隻河馬突然搬進了我家客廳。這樣子形容最能凸顯恥辱的龐大以及殘酷的荒謬——我們需要更費心費力才能假裝它不在那兒。

愛情一撤退，羞恥就會進駐繁衍。在我們家，大家同住在四面牆裡，卻各自孤立，無法向彼此展現內在的自我。我們失去了接觸、溝通、心靈交流。因此我們的個性脫不了羞恥，我的本體也就建築在這個基礎上。我的需求和感覺都植根於羞恥。

我把父親輸給了酒精，我母親則把丈夫輸給了酒精，而她自己沒多久也快消失不

我看不見自己的寂寞、憂愁、羞恥，
因為沒有人看得見它。

見，因爲她必須承擔起養家的全部責任。她越來越強悍，但她的強悍卻來自於矢口否認軟弱；換句話說，她變得受夠了堅強。這時，她憑直覺尋求支援和安慰，而她找到了我，她的長子。她開始跟我推心置腹，跟我討論，需要我。她不再當我是小孩子；她只是透過不滿足的需求在看我。我的童年結束了，我也變得受夠了她那樣的堅強。

結果這個家變成了無父無母的一個家，每個成員都必須想盡辦法求生。我母親跟我成了盟友；我們一起嘲笑我父親——倒是一點也不難，因爲他的種種行爲實在很難教人尊敬。我在家裡的角色是在情感上補償我母親失去丈夫的遺憾。我很機伶，隨時迎合別人的需要。我安慰母親，傾聽她的牢騷，再和我父親討論她想要傳達的想法。

家裡唯一的淨土是鍋爐室。我就在那裡第一次執業。背後有中央加熱系統低聲運作，我和我父親或是母親進行我相信是很深刻的討論；我的目的是幫助父親戒酒，挽救婚姻。我在鍋爐室裡成了家庭輔導員。說來諷刺，我父親也習慣把酒瓶藏在這個房間裡；他對加熱系統的問題報告得越多，他的人也就醉得越厲害。

我的輔導員工作完全根據一個十五歲大的孩子能有的智慧和經驗。有一次，我姑媽問我長大要做什麼，我跟她說我要當心理醫師。其實，我早就是了。我從圖書館借來了成堆的書，努力研究佛洛伊德、佛洛姆之流，其實根本看不懂多少——誰教它是專業的文學呢。我還涉獵了中國哲學，以林語堂爲導師。（我記得是在早晨讀的，換作一般人這個時間應該兩腳腳趾踩在毛茸茸的地毯上，心平氣和的休息，然後才出門去面對新的一天的挑戰。）

等我十七歲了，我父母也得到了一個必然的結論：他們開始思索離婚。在那個年代，離婚比起今天來要複雜許多（如果眞能這麼比的話），所以我父母徵詢我的看法。我覺得他們該離婚嗎？我記得在仔細思考之後，我的答覆是應該——而他們果然離婚了，半年之後。酗酒一事沒有人再提起。無巧不巧，家破人散之後，我母親也變成了酒鬼。離婚後十年，她自殺了。

我們一家破裂之後，無論我走到哪裡，我都動手幫助別人，因爲這是我在家裡就扮演的角色。十九歲那年，服完了兵役，我開始求學，心裡想最終我會得到自由。我最後決定要主修神學，卻發現自己在七〇年代後期擔任酗酒輔導員。當時我並不明白

她的強悍卻來自於矢口否認軟弱；
換句話說，她變得受夠了堅強。

我在選擇生涯時，其實是在摸索自救的道路。我更不知道我心裡還帶著童年時丟下不管的需求——不曾得到滿足，因此和以前一樣的咄咄逼人。

工作的關係，讓我接觸了明尼蘇達模式的成癮治療，以及十二步驟計畫。後來我又接觸了支援酗酒者的成年孩子的運動——當時仍是一個新的現象——我覺得好像終於回家了。而一種強大的內在過程也油然而生，這個過程後來轉變成探索過去之旅，挖掘我的傷痛是從何開始的，找出我眞正的自我來。在此之前，我一直是別人需要的角色，可是經由這個過程，我找到了自己。

感情上的痛苦並不是無法治癒的疾病，可是以我而言，從童年創傷恢復卻必須耗時多年，而且極盡辛苦。十幾歲出頭就擔當家中的治療師，我逐漸看不見眞正的自我，而是以別人的需求來界定自己。我不能需要別人、信任別人，也不能軟弱，而這種求生的策略讓我無法面對我所經歷的痛苦。一直到長大成人了，我才逐漸領悟這一點影響我有多深。我察覺到這種痛苦成了障礙，阻斷了美好的人生，而我必須跨越這個障礙。

我鼓起勇氣凝視鏡中的自己——但鏡中卻空無一人。我這才發現，即使我現在已過了而立之年，我卻根本沒活過。我只是在苟延殘喘。我開始一點一滴的從多年的痛苦之後覺察到一直在尋覓什麼：我的眞面目。在我家裡，從沒有人當我是眞正的那個我，所以我長大就成了某某人。而在這個某某人之後是一個他的存在從沒有人目睹過的人；一個被悲哀、恐懼、不安全感壓住的人；一個在年紀太小時就承擔了過大的責任的人。此外我也發現了相當的怒氣得不到宣洩，以及龐然的孤寂。

漫長的治療、自助團體、心理戲劇三管齊下，我的個性終於又從根深柢固的羞恥感中浮上表面。我明白了我不是壞人；我這一輩子都覺得壞，因此才失去了整個童年以及童年之後的時光。

我從生涯選擇中找到了我尋尋覓覓的協助，可是我並沒有放棄當治療師的工作。我不再汲汲營營於找到眞面目，因爲我已經找到了，我在過程中重新和我眞正的本質接軌，而我現在可以用自己的經驗來把別人看得更清楚。

在這個過程裡，我也開始寫書——到今天我已經寫了十七本。此外，二十年來，

我逐漸看不見真正的自我，
而是以別人的需求來界定自己。

我到世界各地演講，開工作坊。我也執業了十七年——不是在鍋爐室裡了——見過了無數個像我一樣的人，失去了童年並且埋藏了無限羞恥的人。我很榮幸能夠以嚮導及旅遊同伴的身分來分享他們的旅程。

這本書在我的祖國很暢銷，和我的第一本書《客廳裡的河馬》一樣——而我簡直無法形容我的驚訝。我的第一本書出版後，沒多久我就發現別人幫我冠上了「國家治療師」的稱號，我身不由己變成了公眾人物，對一個曾深受羞恥之苦的人來說可不是一件容易的事。但我忍了下來，甚至還學會了去領略它的滋味，雖然我總喜歡這麼想，我只是把自己的人生寫了下來，可是出名卻成了我工作的一部分。我現在知道一路下來我必然是寫出了也說出了一種共同的經驗：我們在自己和別人身上認出的傷口，以及在發現的旅程上共享的喜悅。

我很開心的說今天我覺得很好。我結婚了，第二度結婚，第一次婚姻給了我三個好孩子。我的長子近來也加入了我妻子和我共有的家庭事業，繼續我畢生的志業，而我另外兩個孩子似乎也尾隨他的腳步。這趟旅程十分漫長，但曾是我極大的軟弱現在似乎轉變爲我極大的力量。我能有今天都要歸功於我的軟弱；軟弱是我最大的財富，也是我最大的福氣。

所以我才會針對軟弱寫了那麼多。所以我才會說眞正的力量必定是以承認軟弱開始；要成長就一定要先衷心接受自己的軟弱。事實上，眞正的成長意味著我們越長越渺小，對自己的無能爲力有更深刻的體認。謙卑在這種成長上是必要的元素。面對我們的軟弱，我們也會了解到我們是不能孤獨而活的：我們需要別人；我們需要心靈交流。軟弱讓我們敞開來接受愛，來接受我們身爲人類最需要的東西。而只要我們需要愛，我們就需要上帝，祂不因爲我們軟弱就不愛我們，反而就是愛我們的軟弱。上帝的愛總是尊敬我們的內在自我。上帝的愛把我們創造成獨一無二的個體。

1.

The journey begins when you stop

旅程從停下來的那一刻開始

- 你覺得人活著最重要的是什麼？
- 當你20、30、40、50歲的時候想怎麼度過自己的生日？
- 什麼時候會讓你感到空虛寂寞？而你用什麼方式排除這些感覺？
- 這世界上你最懷疑的一件事是什麼？
- 你認為智慧的定義是什麼？
- 你覺得自己有傾聽的能力嗎？

以上這些問號都沒有正確的答案，
但是透過這些提問，你可以面對自己最忠實的一面！
更重要的是你可以在以下的內容中找到解答。

旅程從停下來的那一刻開始

有個人很睿智的說了這麼一句話：人生是拿來過的，不是拿來理解的。我覺得是真知灼見。首先你一定得要活下去；唯有活下去，你才能設法理解自身經驗裡的一小段。假如你想理解人生，而不是去活，那你其實是隔著一段安全距離用你的理性在檢驗它，結果你的損失反而是雙倍的。首先，完全依賴理性的話，你就是透過一面扭曲的玻璃在看人生——它會改變你的知覺，引你走上歧途。而你的理性也就成了活下去的障礙。其次，要是你用你的頭腦去迴避人生，而不參與，你會自始至終都是作壁上觀的人，兩手永遠不會沾上泥巴。

但是在這段人世裡，你的指甲縫裡是應該要有泥巴的。你應該要擦破皮、迷失方向、困惑不安。你不應該利用理性去整頓、分配、篩選人生。人生這種現象比起人的理智來可是要恢弘的多了。你的理性是你的僕人，不是你的主人；必須讓它在一個更開闊的範圍裡找到定位。

想要解決人生的大問題，理性可不是最佳工具。眞要說起來，它倒是求生的好工具，可以幫你取得日常生活所需的奶油麵包。在這類的實際功能上，理性可以說是適才適任。可是換成了人生的偉大奧妙——比方說是愛情、苦難、死亡、上帝、自我，以及生存的意義——那你一定得讓理性優雅撤退，隱身幕後，不發一語。**我是誰，我又該拿你怎麼辦，人生？什麼是真理，生命的真相以及我自己的真相是什麼**？我們不能憑理性來回答這些問題。我們需要其他方法、其他工具、其他手段。

自相矛盾是沒有道理可講的

生命深奧的智慧和眞相往往是自相矛盾的，表面上很不理性又互相牴觸，彷彿生命自封爲某種奧秘，絲毫不尊敬理性思考和邏輯的法則。生命往往是以絕對的權威之姿呈現的，完全不受控制，就連我們奉之爲上帝造物最神奇的傑作——人類的理性——都拿它沒轍。

眞理如果以自相矛盾的形式出現，乍看之下似乎是互相牴觸，完全不可能的。耶穌就在他的教誨中運用自相矛盾的說法。說到人類跂望偉大，他反而搬出了恰恰相反的東西：奴役和謙虛。他說：「那在後的將要在前；在前的將要在後了。」接著又說到由偉大走下來：「你們中間誰願爲大，就必作你們的佣人。」

耶穌的教誨弄得大家糊裡糊塗。他推翻了傳統的思考模式。他讓智者倉皇失措，他不肯讓自己陷入學理爭論。他不願狡辯，於是用自相矛盾來對付傲慢自滿的人。

自相矛盾就是生命所使用的方法，用來告訴我們眞理是沒辦法控制的。儘管某種自相矛盾突然停下來，我們的理性會氣得七竅生煙，可是眞理卻仍心平氣和，完全不受影響。眞理以至高的權威在兩個極端中顯現出來——而在兩個極端之中總是存在著張力，生命就利用這股張力來創造嶄新的東西。

所以我們對自相矛盾的態度應該是又敬又畏。自相矛盾能讓我們停止，讓我們文風不動，讓我們願意讓自身的經驗變得深刻。自相矛盾所衍生的張力可以削弱我們愛控制的理性，因此我們不該想方設法要理解某個自相矛盾，只需要靜下心來仔細諦聽。諦聽、實存、納悶、謙恭，四者就是解開自相矛盾的有效手段。「風隨著意思

你的理性是你的僕人，不是你的主人；
必須讓它住在一個更開闊的範圍裡找到定位。

吹，你聽見風的聲響，卻不曉得從哪裡來，往哪裡去。」耶穌是這麼說聖靈的，似乎也可以拿來說自相矛盾：自相矛盾所隱含的智慧不是理性可以定義的。

自相矛盾會刺激自我懷疑和自問自答。我們在尋找眞理時，會感覺不安，而我們的理性會提供現成的答案，這些現成的答案似乎能庇護我們，讓我們躲開不安，我們就得到了虛假的知識，而我們的理性再從這虛假的知識中創造出自得自滿的幻覺。但是自相矛盾卻不會提供這樣的避風港，它反而會把你橫掃起來，帶你踏上旅途，可能還是不怎麼愉快的旅途，而在途中你或許會——說「應該要」可能比較好——迷失方向。

智慧是更洗練的理性

我們的理性一遇上自相矛盾的眞理，它就撞牆了。它既迷糊又疑惑，不再井井有條。如果我們的理性願意委屈的話，它會變形爲智慧。**智慧是更洗練的理性——是一種謙遜的形態。**

我們的理性遇上自相矛盾，第一個手段是謙遜，因爲謙遜通往智慧。我們的理性在自相矛盾面前低聲下氣，這時才可以說理性是適得其所。它不再自居於人生與個人成長之上，而甘願退居合作的地位。明智的人曉得如何利用自己的理性；同理，誤用理性的人就不會是非常明智的人。

謙遜的人聽得多說得少——所以謙遜的人學得比驕傲的人要來得快。驕傲的人沒時間傾聽；他太忙著說服別人他很了不起。就因爲他不聽，他的理性就不接受新的視野。但是謙遜的人沒有要別人佩服的需要，我們知道自己是誰。我們隨時都可以傾聽——也就能學習並且發掘新的事物。在步向智慧的道路上，我們絕對會獲得傾聽的能力的。

真正的智慧是知道得少，懷疑得多

眞正的智慧是心裡的解答比疑問要少。自相矛盾會讓我們迷惑，自然就產生了懷疑，於是我們就步上了智慧之途。疑問是很有動能的，不斷推著我們進入未知領域。所以智者會花更多時間來思考疑惑，提供答案的時候反而沒那麼多。那些急急忙忙提

我們不該想方設法要理解某個自相矛盾，
只需要靜下心來仔細諦聽。

供解答的人自以爲已經抵達了終點，其實他們的旅程壓根就還沒展開呢。智者知道這趟旅程是要走上一輩子的，所以他不停的動，半路上遇見的每一件奇人奇事都可以給他靈感激勵。

自相矛盾會讓那些自信曉得答案的人很惱火。至於那些沒那麼自信的人，面對自相矛盾反而是一種機會，可以來享受新層次的學習，在這個新層次裡，懷疑會讓你進步，謹守已知的事實反而會讓你故步自封。在這個層次裡，我們必須迷路才能抵達終點。瑞典詩人托馬斯．特蘭斯綽莫說得好：「森林深處有一塊意想不到的空地，唯有迷路的人才能找到。」

想要了解自相矛盾就必須有這種願意迷路的胸襟——而要做到這一點，我們需要勇氣，因爲迷路的話，我們就得面對不安全感。耶穌教導大家自相矛盾的眞理時，他邀我們來放開對生命的掌握。事實上他是在邀我們走向平安——我們唯有在自己的內心之中才能找到永恆的平安。這種認輸的勇氣需要信仰的一躍。我們必須放掉我們珍惜的安全架構，讓它們瓦解，並且相信我們會透過不安全找到安全。

旅程從停下來的那一刻開始

拙作是想要描述自相矛盾的靈性智慧，這種古老的自相矛盾說法反映出生命最深刻的層面。當初創造出這種智慧是在大家還可以理解爲何需要這種智慧的時候，但是今天，我們和創造者之間的關聯被我們自己斬斷了，這一刀切下來，我們與過去的關聯也斬斷了。我們成了沒有深度的一代，崇拜青春、遺忘了長者的價值觀的一代。我們失去了與過去的連繫，也就和彼時傳承下來的智慧脫節。

我們只爲當下而活，彷彿每一天都是我們的最後一天。我們把靈性打入冷宮，把古老的智慧送進了博物館。爲了要活在當下，爲了永保青春，我們也對死亡閉上了眼睛。我們極盡所能來戰勝死亡：不在乎人生怎麼過，只在乎過的精不精采，因爲我們覺得我們好像永遠也不會死。要是人生有了空虛的感覺，我們就忙著尋找更多的刺激——卻不了解否認死亡的同時我們也放逐了生命自然的轉折。我們把生命重新定義爲一道陰影，一種空虛的存在。驅逐了死亡，智慧和人生經驗就無用武之地，也因此我們不再了解一度稱爲智慧與靈性的神秘呢喃與儀式。

我說的這些事其實是老調重彈；它們是古老的眞理，早在我們之前活著的人深知的——雖然不是人人都知道，但也有許多人知道。這本書是邀請你來探索更深刻的生命，每件事都是眞的，每樣東西都是切實存在的。這本書邀請你來發現眞正的本質源自何方，而上帝就在我們的本質裡。

我和一些陳腐的觀念纏鬥了多年：罪惡、慈悲、「上帝愛你」、神聖、至聖、靈魂等等。跟許多人一樣，這些詞彙看得我頭暈眼花，讓我充滿了挫折、懊惱、憤怒，因爲即使我知道它們蘊藏了珍貴的意義，卻似乎不肯向我說明。不過，我終於瞄到了這些詞彙可能的意義。只是瞄到一眼，卻足以讓我繼續探索，並且把我學習到的東西拿出來和你分享。

生命的深處到處有冒險。我們可以加入冒險，但先決條件是我們必須學會放慢腳步、平靜下來、最後完全停止。通往有意義的人生的這條路會穿過靜止和沉默——本書第一個自相矛盾的說法也就上場了：**旅程從停下來的那一刻開始**。

這本書不應該一口氣讀完。我希望你能慢慢來，停下來諦聽，找到你自己的深度；我們每一個人的內在都有一片智慧與深度的共鳴板。時候到了，它就會開始共鳴。我希望這本書裡的想法可以引導你慢下來、靜下來，最終完全靜止不動，好讓一種全新的運動開始：下降的運動，一路往下，往下深入，深到你能找到新的高度爲止。說不定有了這本書的輔助，你會開始內省，看見內在的黑暗，最後被它的明亮照花了眼。

2.

True strength can only be found in weakness

真正的力量只能在軟弱裡找到

- 你的心中最佩服的人是誰？你最想要幫助什麼人？
- 在你的認知中強者的代表是誰？弱者的代表是誰？
- 你在什麼時候最需要愛？
- 你在什麼時候會感到羞恥？
- 你何時放鬆生命的控制權？
- 你想過死亡這件事嗎？

以上這些問號都沒有正確的答案，
但是透過這些提問，你可以面對自己最忠實的一面！
更重要的是你可以在以下的內容中找到解答。

真正的力量只能在軟弱裡找到

力量與軟弱的問題在我們的社會中始終沒有解決。我們不太知道要如何處理軟弱；我們掩飾自身的軟弱，迴避他人的軟弱，同時欣賞各式各樣的力量，並且焦急地爲自己去取得力量。我們尋求力量，因爲我們以爲唯有強者能夠心想事成，而弱者只有撿剩菜的份。我們看不出軟弱有什麼可取之處，所以打造了一個力求強壯的文化。而且我們還不只是否認軟弱而已——我們通常還瞧不起軟弱。

可是說眞的，到底什麼是軟弱，什麼又是力量？外表強勢的人，難道說他就眞的很堅強？還是說他只是以此掩飾自己的軟弱？換句話說，是不是有一種不健康的力量？有沒有可能有一天會受夠了這種力量？我們的文化忘了軟弱也有它的力量，所以感染了這種裝酷病？

眞的有優秀的強者和劣等的弱者嗎？還是說其實我們都是弱者？或都是強者？什麼叫正常？什麼又是不正常？軟弱會讓人變壞，讓人有瑕疵嗎？力量的定義是沒有軟

我們必須放掉我們珍惜的安全架構，讓它們瓦解，
並且相信我們會透過不安全找到安全。

弱呢，抑或是否認軟弱？還是說眞正的力量是從軟弱衍生而來的？有沒有可能那些坦然接受自身軟弱的人才是強者？

那麼軟弱呢？意思是不是放低姿態？如果我不事事強調自己，那我就是謙虛的人嗎？那麼謙虛是一種我們能夠知覺的特性嗎？有沒有可能靠努力來得到謙虛？謙虛有好處嗎？換句話說，謙虛是一種「善行」嗎？有沒有市場價值？能夠讓我們變強嗎？出於自憐而接受軟弱和出於誠實而接受軟弱又有什麼差別？或者說兩者眞的有差別嗎？有沒有可能躲在軟弱之後，因而不須爲自己的人生及個人成長負責？

種種的問題讓我們摸不著頭腦，而這些問題都是我們日常生活的一部分，即使我們並不是有意識的和它們格鬥。顯然，力量和軟弱是兩個極端，充滿了生氣勃勃的張力，符合自相矛盾的特色。這樣的張力是不是存在於自相矛盾中的神秘智慧？要是我們感悟到這種智慧，那能不能靠它來更了解生命，因此而得到更深刻的人生？

謙虛：軟弱之中也有力量

軟弱和力量的問題是人生中至關緊要的問題，說不定還是最重要的問題呢。這問題和我們的本質息息相關，因爲這一對極端也引發了內在本我與外在本我的問題。在以軟弱爲恥的文化裡，我們覺得最起碼也得要外表裝酷。我們拚命要塑造一個強悍的假象，好掩飾我們的軟弱。我們越是覺得軟弱，假象就得要弄得越逼眞。所以大概可以做這麼一個結論：一個人外表的樣子越酷，心裡的軟弱就越多。這種用來隱藏軟弱的強悍，是不健康的，因爲它根本沒有實際的基礎。如果強悍成了我們交流的語言，那我們表現出來的根本就不是眞正的自我。我們唯有在承認自己的軟弱、擁抱自己的軟弱、顯露自己的軟弱時才是眞實的、完整的。

如果我們的軟弱看得見，如果我們的軟弱表露出來，那會是什麼樣子？其實就是謙虛：**謙虛就是不否認軟弱的一種力量**。事實上，眞正的力量來自於軟弱，因爲眞正的力量要求你爽快地承認自己的軟弱。**所以真正的力量是謙虛，它的來源是面對自己**

的軟弱，並且接受自己的軟弱。謙虛的人是眞實的因爲他發現了也承認了自己的無能爲力。從這裡我們又接觸到本書的第二個自相矛盾的說法：**真正的力量唯有在軟弱裡才能找到**。

要是你仔細觀察那些汲汲營營於財富和權勢的人，你會發現其實他們追求的只是一個遮蓋軟弱的掩護。競逐權勢的人可能是在求取讓他感覺安全強大的地位，遠離他的軟弱。當然啦，權勢未必就代表有權有勢的人是在逃避軟弱，但是也不能排除這個可能。財富也是一樣的道理：一個人累積財富，死抱著物質享受不放，他最後也會達到富饒的境界，看起來似乎對軟弱免疫。和權勢一樣，財富本身未必見得就表示某人是想要掩藏他的軟弱，可是也不能排除這個可能。

在我們的文化裡，外在的印象比眞實的自我要重要的多——說眞的，就因爲太過重要，我們往往會相信表現給別人看的浮面自我就是我們眞正的本質。我們大部分的人都投注了大量的時間精力去給別人留下一個好印象。我們盡量穿上最新的流行，上正確的館子，和正確的人來往。這樣的努力還可能擴充到裝潢房屋，上健身房，減重，開某一牌汽車，讀特定的書，在特定的地方度假，到走在時尚尖端的地方逛街購物，甚至還要忍受整容手術。

爲了要迷人，爲了吸引別人注意，我們幫自己巧妙地打造了積極正面的代表：流線型、光鮮亮麗的分身，剝除了笨手笨腳、猶豫不決、沒有品味這些令人尷尬的缺點。我們呈現出這些分身來說服我們自己和別人我們並不軟弱。一直到我們設法說服了每個人我們是強悍的，那時候我們才覺得贏得了活下去的權利。然而我們爲了這樣的僞裝卻付出了昂貴的代價。如果我們自己不眞，就找不到眞正的親密，而少了親密，只會落得孤單寂寞。

愛養育出軟弱

力量與軟弱的問題又直接牽扯到愛。除非是沐浴在情愛裡，否則我們不敢軟弱。沒有了愛，軟弱可不安全。所以我們會精心打造外在。我們對愛知道的越少，就越覺得必須塑造出強悍的假象不可。

我們唯有在承認自己的軟弱、擁抱自己的軟弱、顯露自己的軟弱時才是真實的、完整的。

愛會養育出軟弱，允許我們透露自身的無能爲力。愛極爲敬重我們，所以它接納我們眞實的自我，任由我們做我們自己。愛並不會被軟弱嚇到，也不會覺得反感；恰恰相反，它會爲軟弱挪出空間來。其實，愛——和眞正的力量一樣——也衍生自軟弱。我們都知道要愛一個表面上既強悍又自負的人是很困難的，可是去愛一個軟弱的人卻很容易，因爲軟弱會喚醒我們的惻隱之心。兒童會引發我們的愛憐就是因爲這個緣故。我們在兒童身上看見的軟弱是天生的——所以我們也從這裡辨識出自我。

不用說，軟弱也會引起輕視。那些逃離自身的軟弱的人也會瞧不起別人的軟弱。我們越是否認內心的軟弱，就越覺得需要責難別人。學校裡和職場上的霸凌都是基於這個邏輯。霸凌缺乏自尊；也就是說他們缺少愛自己的能力，所以才會靠著欺負別人來鞏固他們的自我形象——踩在別人身上好讓自己顯得高一點。

真理會揭發虛假的力量

力量與軟弱的問題同時也涉及眞理，因爲眞理會揭發虛假的力量。**真理會想辦法**

扯下我們的假象，揭露我們真正的本我——送我們回到現實。

接納自身軟弱的人會有強烈的現實感。身爲人類，我們的現實包圍了我們的軟弱。只要是人就是軟弱的，絕無例外。所以我們在面對自己的軟弱時會發現眞正的本質。一旦我們接納自己的軟弱，我們就會明白沒辦法靠自己來過日子。我們慢慢看出來我們必須依賴別人，於是我們開始允許自己去感受這份需求。我們對這個眞理了解的越深刻，就越了解健康的依賴有什麼意義。其實，依賴別人眞正的意思是依賴愛。愛能創造庇護的環境，讓軟弱置身其中而覺得舒適。所以愛是我們活下去的必要條件。

謙虛的人腳踏實地，因爲他承認自己的軟弱。想要掩藏軟弱的人絕不可能是個腳踏實地的人。外表上他或許無所不能，很有說服力——足以讓大家相信他是個表裡如一的人。這就是他無所不能的目的：把軟弱覆蓋在力量的假象之下，創造出偉大的幻覺，唯有目光如炬的人才能察覺出它的虛假。這種幻覺可能是由令人欽佩的知識體組成的。問題倒不是出在知識，而是我們對知識的態度。眞正的知識是謙虛的；它知道

如果我們自己不真，就找不到真正的親密，
而少了親密，只會落得孤單寂寞。

自己的限制。俗話說得好，一個人知道的越多，就越明白自己知道的少得可憐。

通往眞理的路會穿過軟弱，沒有其他的捷徑。眞理努力帶領我們走向我們自身的無能爲力、軟弱、孤苦無依。要是我們願意承認自己的軟弱，眞理就會讓我們自由。可是它也會害我們受傷。要去面對我們極盡所能迴避的東西可不是一件容易的事，因此在和我們的軟弱面對面的時候，我們不但需要愛，也需要眞理。沒有愛來保護我們免於避無可避的傷害，我們是沒辦法面對自己眞正的自我的。

沒有愛導致羞恥

愛讓我們能夠面對自身的軟弱，因此帶我們認識我們眞正的本質。說不定我們最需要的就是愛了。可是，我們大家也都知道，在一個充斥了殘酷、戰爭、剝削、嫉恨、苦澀的世界裡，愛往往顯得稀罕難得。最需要的東西我們得到的最少。就連兒童，最需要我們的愛，最值得我們去愛的，也難逃殘酷和缺少關愛的命運。這種事處處可見，就連表面上是幸福和樂的家庭也一樣。

沒有愛不僅是從我們如何對待最親近的人這方面看得出來，也會影響我們如何對待自己。我們通常都虧待自己，甚至還瞧不起自己。我們濫用物質來感覺舒服；我們超出合理的範圍努力工作，就爲了得到認同；我們暴飲暴食以便壓制住對愛的渴望；我們斷食減重，想要藉此得到愛；我們在健身房折磨自己爲的是讓自己夠好。

沒有愛是一個事實，無論是對我們自己還是對我們的世界；一直都是這樣，而且很顯然將來也會是如此。唯有我們這些個——人數實在是太多太多了——連愛是什麼都不知道的人才能夠忽略這一個可悲的事實。我們有太多人從來不知道愛爲何物，又因爲不知道錯失了什麼，我們連爲此損失而哀悼都不能夠。沒有愛而長大的兒童其實並沒有他們理應得到的童年。而要爲這種損失哀悼，他們必得要有這個機會去體驗，就算是一下子也好，去體驗有人愛你的本色是什麼樣的滋味。獲得這種愛的經驗就是治療的一個目標，至少是理想的目標。

沒有愛會衍生出羞恥——覺得丟臉、一文不值。這種情況會出現在必須爲了無解的家務事，諸如酗酒、家暴、性侵、嚴格的宗教修行等而調適自己的兒童身上。因爲

要是我們願意承認自己的軟弱，真理就會讓我們自由。

這些事隱而不宣，兒童誤解了自己的情緒、經驗、感知。比方說，如果父親的酗酒問題是不可外揚的家醜，孩子就無法處理他的情緒、想法，或感知。他非但不能把心中的憤怒、哀傷、創痛、恐懼和家中的情況連結起來，反倒是把自己的情緒反應當成了個人的缺點。他心裡想：「我一定是哪裡有問題。我一定很壞。」他並不了解他覺得壞是因爲家人錯待了他。在這種情況下，孩子的性格會被羞恥糾纏不清。每一樣內在的成分——希望、恐懼、反應、回憶、感情——都離不開羞恥。羞恥變成了活著的一種正常的狀態。

活在羞恥中，我們的軟弱就會感覺像是缺失，我們會相信我們身爲人類簡直是不及格。羞恥就像是一頭飢餓的猛獸，潛伏在愛的腳跟。愛只要一搖晃一減少，羞恥就會攻擊。羞恥偷走了庇護我們天生的人性軟弱所需要的保護性質的愛。愛不在了，羞恥感就會篡位。不見得需要發生什麼戲劇性的變故或是家中有什麼見不得人的大秘密，像是酗酒或性侵等，才會發生這種事——只要愛不見了，它就會發生。

本質上，我們都是依賴愛的。要找到我們眞正的自我，我們必須讓人看見、聽見、承認我們的眞面目。說到這裡，我倒想起了在我自己的人生中某個神奇的時刻，那是八〇年代初的事，我的長子馬提阿斯那時三歲，我們住在海邊。那時是冬天，有天晚上，海面結冰了，天空點綴著點點的星光。我決定帶兒子到結冰的海灣去散步。海灣那邊的夜色最濃，星光也最亮。走到海灣的中間，我們決定躺在冰上，仰望明亮的群星，成千上萬的星星；天空壓得低低的，好像伸手就可以觸及。就在那時候，我忽然想到應該問問兒子他有什麼感覺，他是怎麼看我們所住的世界的。所以我就問了：「馬提阿斯，你覺得星星是誰創造出來的？」他想了想，用兒童特有的天眞誠摯的語氣回答：「是把拔！」

那是我一生中最偉大的一個時刻——不是因爲我兒子對他父親的評價那麼高，而是因爲他的答覆告訴了我兒童世界裡某種關鍵的東西。我兒子認爲他的父親創造了我們居住的宇宙，所以他覺得很特殊：他是造星者的孩子。

既然造星者會花時間陪他的孩子——爲他費心，傾聽他說話，認眞看待他——那一定就表示這個孩子非常特別、非常重要、非常可愛。孩子察覺到這種態度，日換星

活在羞恥中，我們的軟弱就會感覺像是缺失，
我們會相信我們身為人類簡直不及格。

移，他把這種態度內化爲他自己對個人價值的看法。就這樣，自尊滲入了正在萌芽的人格中。反過來說，如果造星者不認眞看待他的孩子，反而貶低他、嘲笑他、拒絕他，這孩子就會在缺少愛的情況下看出自己的價值有限。因此遭受父母虐待和遺棄的孩子並不會認爲是父母某一方不夠體貼、殘酷、不公平，反而會認爲是自己一無是處。一個被遺棄的孩子學到的是放棄自己；一個受呵護的孩子學到的是愛自己。我們需要某個愛我們、挺我們的人，因爲我們在很大的程度上都是別人怎麼對待我們，我們就怎麼對待自己——我們會接過我們的父母或是人生中的重要人物所交下的棒子。過去所有的種種無愛的經驗會影響我們對自己的態度。而如果我們無法接納自己的不完美，我們就會設法隱藏它。

我們的本我如果是根植於羞恥上，我們就會努力要打造更精巧的假象來說服別人我們是値得欣賞、是有價値的。我們可能會不由自主去幫助別人，變成了「工作狂」，待人處世太過溫文有禮，爲了吸引注意而扮小丑，或是爲了逞英雄而冒一些不必要的危險。這種種努力都只有一個目的：把我們孤立起來。由於我們的羞恥，我們不敢把軟弱讓別人知道。我們迴避眞正的親密關係，無所不用其極，因爲它會揭穿我們的軟弱。

總是行色匆匆就是一種逃避親密的方法。要是我們讓自己忙個不停，就能保證和別人的邂逅都是很膚淺的。爲了要這麼做，我們必須讓自己相信完全是外在情勢逼得我們不得不匆匆忙忙。我們不願承認這樣的匆忙憂心是我們一手造成的。可是這樣的結果其實是因爲選擇的不好；它會存在完全是因爲我們想要它存在，因爲它在我們的人生中扮演一個重要的目的。而這個眞相是一個甩不開羞恥感的人不願意聽見的。要是他聽了，那他就得面對自己的軟弱，爲自己的選擇負起責任來。

希望不在力量中，而是在軟弱中

戒酒無名會十二步驟復元計畫在西方文化中已站穩了腳步。大量的團體把它運用在各種的問題上，包括吸毒成癮者、酗酒者的成年孩子、暴食者、性上癮患者，以及性侵的受害人等等。

如果我們無法接納自己的不完美，
我們就會設法隱藏它。

這個包含了十二個步驟的計畫是由一群酒鬼設計的，他們走過了多年的酗酒煉獄，決定要把幫助他們恢復清醒的一些原則記錄下來，因此而爲這個計畫打下了堅實的基礎。這是一個很實際的計畫，鼓勵他們改變他們的行爲，而不是宗教信仰。這個計畫提供靈性與心理上的智慧，來自於猶太教與基督教共有的傳統，但並不要求成員隸屬於任何的宗教傳統或教義。

十二步驟計畫是有深度又健康的靈性活動。從第一步開始，計畫就開門見山提出軟弱這個議題：「我們承認我們的人生變得無法控制，也承認我們對酒精無能爲力。」每個人都承認靠他們自己沒辦法解決問題。他並不是將希望寄於力量中，而是寄於軟弱之中；一旦他承認了這一點，他的成長就開始了。這個計畫非但指引酗酒者走上清醒之途，並且還導引他們步向個人成長與靈性成長的道路，總歸一句話，就是指引他們找到眞正的力量是源自何處。而這份力量唯有那些願意以勇氣與誠實來面對自身軟弱的人才能夠駕御。

在開始第一步之前，酗酒者說不定曾想靠自己打敗自己的喝酒習慣，孤軍奮戰了多年，甚至幾十年。他想要變堅強，想用各種方法來控制飲酒量；他承諾要保持清醒；他搬到別的城市；他誓言只喝「淡的」酒精飲料；他娶妻生子；他改變工作，換新朋友，開始規律運動，不再旅行。爲了要變強，爲了控制自己的飲酒習慣，他想盡了一切可行的辦法。

可是他還是照喝不誤。他是可以戒酒，但是那得等他明白他自己戒不了之後。這個自相矛盾的說法不是他可以輕易理解的，除非他領悟到承認了軟弱才會有無窮的力量。就連現在，他的努力也都是白費力氣。他並沒有戒酒；眞正的情況是，只要他不迴避自己的軟弱，酒精在他的人生中就不會有用處。因爲這個緣故，他必須仍當自己是十二步驟計畫聚會的一個酒鬼，即使是遠離酒精數年或是數十年之後，他仍要持續這麼做。他是一個頭腦清醒的酒鬼。這是他說，主要是對自己說，他的清醒和成長都有賴於和他的軟弱同步的方法。

十二步驟計畫揭露了一個放諸四海皆準的眞理：只有在我們承認需要成長的時候，我們才會成長。耶穌說需要治療的人並不是健康的人，而是病人。他的意思並不

我們迴避真正的親密關係，無所不用其極，
因為它會揭穿我們的軟弱。

是說有些人十全十美，不需要成長改變，需要成長改變的是我們這些不完美的人；他的意思是成長的核心條件是承認我們生病了，所以才需要治療。健康地認知到自己生病，那麼健康的第一聲號角就吹響了。

這樣的成長其實和謙虛有關——和承認並且接納自身軟弱有關。不過我們人類總是覺得非得把軟弱隱藏起來不可——不但是不能讓別人知道，連我們自己都不能知道。我們否認生病、否認不完整，不知道軟弱是人生很關鍵的一部分。就因爲我們並不眞正愛自己，所以我們才把軟弱看成缺點，看成失敗的徵兆，我們才會拚命想裝出一副比眞正的自己要美好的外表來——看起來「很正常」。一旦我們說服了自己我們很正常，我們就滿意了。我們不會感覺有需要成長或是審視我們自己；我們反而審視起別人來了。我們挑出了錯誤和短處來；我們一口咬定別人應該要成長改變。我們給別人誠懇的建議，要他們改正錯誤，而我們在他們需要幫助的時候會開口提議幫忙，藉此證明我們的天性高貴。這種行爲也不過就是一般的驕傲，可是因爲驕傲的形式太過圓滑複雜，所以很少有人會注意到。

軟弱中我們學到了生命的珍貴之處

軟弱的眞正價値何在？爲了成長我們必須承認的這種無能爲力究竟是什麼？它當眞存在嗎？

在西方文化裡，大部分的人把人生這份工作做得還滿好的。表面上，我們既不無能爲力也不軟弱。我們多多少少是刻意做出成績來：我們做自己的工作，有許多食物，有閒暇享受；我們買股票、養孩子、上網、開戰略會議。哪裡談得上什麼軟弱，什麼無能爲力呢？跟我們有什麼關係？我們的人生過得順順利利的，幹嘛沒事弄出這些稀奇古怪的玩意來？

表面上看，無能爲力跟我們八竿子打不到一塊。儘管人類社會有那麼多的衝突、暴力、磨難——當今沒有一個國家能免疫——但是和地球上其他地區相比，第一世界的生活基本上是安全穩定的。在這裡，大多數人的基本需求都得到滿足，而且還有許多人雖然有些不好意思卻享受更多的消耗品和舒適設備。

可是仔細分析的話，檯面下我們其實沒有那麼風光。美好人生的光鮮亮麗和種種裝飾遮掩住了悲傷與憤怒、苦澀與痛楚。我們大部分的人暗自懷著與他人親近的渴望，卻得不到滿足。對我們許多人而言，這份對愛的企盼化成了嚙人的痛苦，每天早晨痛得我們醒過來，每天晚上擾得我們無法安眠。

我們經常會用人生的意義這類問題來折磨自己：我是誰？我是爲何而活？我幹嘛每天早晨硬逼著自己起床，去做一分我壓根不愛的工作？我爲什麼老是憂心忡忡、抑鬱寡歡？我爲什麼害怕未來、生病、貧窮、死亡？我的餘生就要這麼孤零零一個人嗎？爲什麼早晨在某人身旁醒來，我還是覺得好孤單？就因爲我沒有勇氣離開，我就得跟這種人耗上一輩子嗎？爲什麼我的錢老是不夠？爲什麼我的孩子不尊敬我？爲什麼每天起床都頭痛？爲什麼老是胃痛？爲什麼我老是沒有空閒時間？爲什麼半夜三更我會因爲工作上的問題醒來？爲什麼人生沒有變得更美好？

這些問題是打哪兒來的？又有什麼含意？是不是外來的干擾，很不公平地破壞了我們的快樂——是必須要當作不相干、不重要的不速之客一樣請他們閉嘴？還是說我們得認眞留意這些訊息？這些問題會不會是因爲我們沒辦法面對自己的軟弱？會不會是從我們把受到冷落和拒絕的感覺偷偷掩藏起來的地方來的？要是我們畢生都忙著要迴避某些內在的重要東西，那麼我們壓抑的這個部分最終會浮上檯面，而且力道之強足可震撼我們蓋來保護空洞的快樂的強化工事。

依我看來，這些問題是從我們內心深處，我們眞正的自我浮上來的。它們吃了秤鉈鐵了心，非敲開大門不可，因爲它們帶著重要的訊息，而這些訊息都和我們忽視遺棄的自我和人生有關。它們來自軟弱的國度，它們是我們要前往的地方的大使。

可是我們究竟是要往哪裡去？還有人知道人生的方向嗎？

起碼有一件事是我們肯定的：對我們每一個人，熟悉的人生終有一天會走到盡頭。我們是在前往張開雙手而人生溜走的那一刻。死亡是終極的軟弱，意思是徹底失去對人生的控制——徹底的孤苦無依與認輸。

有沒有可能每天結束時等著我們的這種失控，是在指引我們人生最重要的東西是什麼？說不定生命是在邀請我們放鬆控制權，在死亡奪走它之前，我們先學會放鬆。

死亡本身就是在暗示生命的可貴。死亡提醒我們要好好過自己的人生，思考什麼是眞正重要的。因爲死亡會剝除任何非必要的東西，它爲我們的生命提供了底線。在死亡面前無法持久的東西都不是重要的。以這個觀點來看，死亡可以看作是人類生命的顚峰。它是嘹亮的勝利號角，宣告長達一生的成長過程結束。它是我們最喜樂的頒獎典禮——而我們得到的獎勵是在舊的存在結束時進入嶄新的領域。

我們是在往徹底的軟弱那裡去。可是**在軟弱中我們學到了生命的可貴與持久之處**。承認自己的軟弱，我們就可以由死入生。我們的假象瓦解了，我們虛假的自我死亡了，而我們則和眞正的、完整的自我團圓了。

3.

If you seek safety, live dangerously

要追尋平安，就要活得危險

- 你的安全感來自哪裡？金錢？書籍？朋友？親人？工作？資訊？網路？宗教？
- 你常常說的口頭禪是：等我有錢、等孩子都長大、等我考上了、等我退休？
- 你在團體中習慣扮演隱形人，有意見的最好都不是你！
- 你習慣別人做什麼，你也跟著做。
- 請想一想你的童年。

以上這些問號都沒有正確的答案，
但是透過這些提問，你可以面對自己最忠實的一面！
更重要的是你可以在以下的內容中找到解答。

要追尋平安，就要活得危險

西方文化建立了一個比起許多其他文化都要安全的社會。我們幾乎可以讓挨餓、受凍、缺水、戰爭銷聲匿跡。我們不再日日夜夜和死亡與苦難打照面——才不過幾個世代之遙，一般人還會在家裡受苦死亡。雖然說我們還沒辦法控制死亡，我們卻設法營造出一種環境讓死亡盡量遠離我們的日常生存。幾世紀來，人們不斷往大城市遷移，閃避天然的災害和不安全。雖然大自然遠非我們所能主宰，在城市裡我們卻覺得和那些自然災害拉開了安全距離，活在一個人工的世界裡，幻想自己擁有了近乎完美的控制權。

把我們的社會中所有的自然因素都剔除後，我們也很容易就會有生命也是可以控制的這個概念。我們開始認爲，也開始相信生命不能——也不該——動我們或傷害我們。我們把自己擺在生命的自然過程之上，支配外在的環境，要求這個要求那個。這樣很可悲，因爲我們這麼做反而賠上了我們的生命：我們的生存看起來很平安，絕對在我們的掌握之中，其實生命本身卻不在了。不過，生命是不會上當的，它無論如何也不肯讓你隔著一段安全距離來觀察。生命不提供安全的位置，因此也就避免不了受傷、瘀血、泥印子——話說回來，唯有忍受不幸，我們才能真正領略生命的勝利喜悅。這些是分不開的；我們沒辦法捨此取彼。

從水中動物蛻變成有意識的生命

生命是一種旅程，最終的目的就是旅程本身，生生死死、死死生生的持續過程。當然，我們每隔一陣都會抵達一個終點，可是只是小憩片刻，過了一會兒，我們必須再走入新的未知。這段路程是生命發生的第一分鐘就規劃好的。

我們是以某種的水中動物進入這段生命的，漂浮在子宮裡。剛剛開始發育的我們，在充滿液體的安全空間裡休息，這片空間似乎綿綿無盡；我們很幸福，對於前途完全蒙昧無知。漸漸的，我們必須要放棄第一階段的生存，成長爲哺乳動物，就爲了要掙出安全的液態宇宙。艱辛的旅程開始了——穿過幾乎致命的產道，進入未知的世界。沒時間回顧，沒時間渴想失去的安全，也沒時間去哀悼一個完整世界結束了。我們闖入了一個明亮又吵鬧的地方，一切都透著新鮮陌生。這個未知就是我們的新世界，而撫慰的液體換成了空氣，它以爆炸性的力道穿透了我們的肺，觸發了一個有節奏的運動，這個運動以後會冠上一個名稱：呼吸。這一切都標示著新的生存開始，我們以水平的哺乳動物之姿出現，四周是漫無目標移動的東西，偶爾會打在我們臉上；我們以後才了解那是我們的一部分：我們的手。我們也注意到另一種移動的東西，不過這一種比較難懂。這一種不會打到我們的臉，可是顯然也跟我們有關係：我們的腿。它的功能在目前階段仍不明朗，要留待以後謎底才會揭曉，因爲我們必須學習把全身重量都放在兩腿上，從一個地方移動到另一個新鮮陌生的世界。經過了這一連串的劇變之後，我們還沒有抵達目的地；反倒是不用多久就不得不放棄水平的世界，朝令人迷惑的新發現前進。

我們在這個新世界的旅程中前進，不知走到什麼時候，我們忽然明白不是自己一個人。我們察覺到其他人——慢慢的，我們學到這個生物叫「母親」。母親似乎是隨她高興來來去去，但我們注意到我們喉嚨發出的聲音會對她產生作用。時光流轉，我們也注意到我們不是母親存在的唯一理由；她也有她自己的世界。這兩個宇宙開始交流，創造出某種叫做意識的東西。從液態天堂被驅逐出境，我們發展成另一種有自覺的生命形態：人類。

人類的肩上扛的責任有多龐大啊！獲得這種知覺，隨後又有了質疑生命的能力，我們竟然跟生命硬生生的分開了：我們不只是活著，我們還要把生命當一種現象來檢視分析。我們要如何存活？我們要如何學習生活之道，同時又能以旁觀者的角度來認知這段生命？這些都是很難答覆的問題。

於是我們整裝走上稱之爲人生的旅程來找尋答案。可是，這是個有限的旅程。打從一開始，這一個珍貴的人生計畫就已經設定爲自動毀滅。但沒多久我們又心生疑竇，覺得這一個旅程也不是我們的最終目標——而是在遙遠的前方藏著一個全新的奧秘。在這樣的領悟之後，人世中還有什麼有意義的嗎？我們又怎能相信任何事物呢？

一旦我們把人生看成是一連串的曲折，而且死亡是唯一的結論，那麼控制生命這種想法就會顯得荒謬可笑。我們眞的別無選擇，只能夠接納人生，敞開我們自己——不管是自願的或是被迫的——去接受生命常有的胡亂擁抱，像出生時險些要了我們的小命，也終究會要了我們的命的擠壓。

愛攙扶著我們走向平安

生命的這種無情的擁抱會引發一個問題：要怎麼樣我們才能平安？生命誘發出這麼多的混亂和危險，我們要如何找到平安？這一趟終身的旅程，這種變動和讓渡的過程，可有什麼恆久不變的東西？有沒有什麼東西能給我們信心，讓我們能夠鼓起勇氣信任活著的過程？

這些問題壓迫著我們每一個人的心，因爲我們都知道結局是什麼。無論是在比喻上或是字面上，大地都會突然裂開，把我們吞下去，將我們扯入萬劫不復的深淵。這份知覺是刻印在我們每一個人心底的——即使是那些老是逃避這些想法的人也一樣。

平安這問題其實就是愛的問題。愛能提醒我們我們不是孤苦無依的，我們不需

我們在這個世界的旅程中前進，不知走到什麼時候
我們忽然明白不是自己一個人。

要凡事靠自己；我們是有人攙扶的——整段的旅程中都有人支持我們。無論我們做什麼，愛都揹負著我們。愛拯救我們，讓我們不會是自己人生中唯一的避風港，把我們的生存放在更偉大的範圍中。這個範圍非但提供我們眞正的安全，還賦予生命最深刻的意義。雖然我們沒辦法探測生命的奧秘，但難道不會有另一種力量可以做到嗎？有沒有一種東西知道我們來自何處又要去向何方呢？如果有的話，這個東西必定能夠回答我們最咄咄逼人的問題：生命的意義何在？爲什麼非得要死亡不可？

在我們的生命結束時，腳下的深淵裂開，我們必須相信有人會接住我們，有人會以強壯的臂膀抱住我們，生死皆然。唯有相信了這點，我們才能鼓起勇氣去盡情的活著，接受人生的一切。少了這種被抱著的認知，我們就會設法自己抱自己。那我們就會建立起一種安全感來護衛自己，隔開生命，因而阻礙了我們的旅程。

我們緊抓著自製的安全架構不放

我們靠自己設法建立安全，方法五花八門，而且極盡巧思。最常見的是緊抓住物質財富；我們給物質財富指派了一大堆的意義，弄到最後我們眞的當它是安全與有意義的人生的泉源。我們的身心都花在累積財富上，很快就會深信人生也不過就是和物質財富有關。這種想法可讓我們不去思索人生的種種惱人的問題。

另一個我們使用的策略是奉西方科學爲至高無上的權威，因此而創造了我們能夠理解生命的幻想。我們可以讀上幾千本書，訂閱各類報紙，收看十數則新聞，追求各種的學位，期待實實在在的科學能夠解開生死之謎。科學相信利用知識就能夠打造人工的安全：把現實降低成一個個的規律和可斷定的情況，我們就能推理，就能掌握它。

抓著別人不放並不是很罕見的安全策略。比方說，我們可能緊抓著配偶不放，像孩子抓牢父母，規避成人的責任，包括面對並且承認人生中固有的變幻無常。我們可以一直長不大，把我們的人生交給別人代理。

許多人緊抓著宗教，謹守嚴格的教義和規範。把生命劃分成簡單的黑與白，我們就可以篤定什麼是對的，什麼是錯的，然後我們就可以選擇善的那一邊，對抗壞的那

在我們的生命結束時，我們必須相信有人會接住我們，
有人會以強壯的臂膀抱住我們，生死皆然。

一邊——也就等於是對抗另一半的人類。這一種的宗派主義其實是最邪惡的邪惡，因爲它戴上了一副極力僞善的面具。如果我們虔誠到這種僵化的地步，那我們就是用自己來取代了上帝的位置，把上帝當成我們自己行爲的口實。耶穌就認爲他最大的敵人莫過於此——再說，最後是誰殺害了耶穌？清清白白的好人。

另外我們也可以長時間裝可愛來控制現實，做法是表現出呆板的、無害的自己，交換的是別人的接納。這種策略的另一種說法就是「扮豬吃老虎」：我們否定了別人表現出誠實反應的機會，反而操縱他們，讓他們做出我們想要的反應。使用這一招，我們永遠都不用怕會受傷，也因此我們否定了自己被愛的機會，因爲我們掩藏了我們的不完美——我們偶爾的鬧情緒及其他致命的缺點——不讓他人發覺，也不讓愛發覺。許多人以爲基督教就是在教人做個爛好人：即使藏在口袋裡的手已經握成了拳頭，還是得把另一邊臉送給人家打。可是仔細審視耶穌的一生，我們看見他才沒那麼乖巧柔順呢。正相反，他很難搞——就是因爲太難搞，當政者才決定必將他除之而後快。

避開危險也是大家經常用來感覺安全的策略：我們拒不嘗試新的事物，爲的是避免犯錯，省得還得要面對我們天生的不完備。所以我們總是做同樣的事，用同樣的方式，讓人生穿上制服，完全在意料之中，方便我們控制。我們同一分工作一做就做了三十年，永遠吃一樣的食物，從不跟新的人、不同的人見面，暑假也老是過的一樣，衣著風格一成不變——而且總是瞧不起那些不一樣也做不同的事的人。這就是自欺的公式：我們深信已經抵達了目的地；其他仍在路上奔波的人需要我們的忠告，因爲我們知道應該要怎麼做。而且我們會提供建議是因爲我們可沒有那個膽子去傾聽；說不定我們就會聽到什麼嶄新的、驚人的事情，是我們無力控制的事情。我們也保持距離，唯恐別人會看出我們拒絕去看的東西，而我們的人生越是狹窄，我們就越不由自主地想去譴責別人、批評別人。我們從不去看別人眞正的樣子，不去聽別人眞正的聲音；我們反而把他們拉進我們的內心戲裡，當他們只是某種工具，讓我們更加堅信自己的人生才是比較優越的。

爲了控制人生，我們也會把人生延後到將來某個時刻。等我們完成了博士論文，等我們生了孩子，等我們的孩子都長大了，等我們付完了房貸，等我們買得起避暑小屋，等我們得到了久候的升遷，等我們退休……那時我們就有時間去做我們認爲重要的事了：孩子、朋友、配偶、健康、靈性、我們自身。有一次我聽見了一個無限期拖延人生的可怕例子：一對夫妻找律師諮商，協議離婚，因爲他們的兩人生活有如水深火熱，而且也從來就不喜歡彼此的陪伴。猜猜他們幾歲？九十多！律師問他們爲什麼以前不離婚，這對夫妻回答說他們在等孩子都去世。

我們一跨出當下的這一刻，就跨出了生命唯一存在的一刻。我們如果把人生延展到未來的某時某刻，那我們就算是撇清了。我們會把我們的時間塞滿了大小瑣事，不需要停下來面對現實。如果我們沒有時間反省，就根本不需要面對我們的空虛和不完整。越是焦慮痛苦，腳步就越快。腳步越快，焦慮痛苦就越多。諷刺的是，我們似乎是在拚命逃開我們死命想追趕的東西：被愛與受珍視的經驗。我們像無頭蒼蠅似地到處尋尋覓覓，其實我們要找的東西就在我們的內心、我們眞正的本質、我們的軟弱、我們的人性裡。要是我們允許自己和自己的軟弱以及無能爲力溝通，我們就會找到愛，會相信我們是美好的，值得美好的人生。要獲得我們在追逐的東西其實很簡單，只要停下來，張開雙臂來接納它。

其他一些掩藏人性軟弱的方法包括試圖變得完美。要是我們認定自己無所不知，也知道如何把每件事做對，我們就進入了一片軟弱勿入的領域。我們逃避軟弱，做法是反其道而行，達到零軟弱的境界。只要我們完美無缺，誰也沒辦法逮到我們犯錯——但是反過來說，誰也沒辦法愛我們。十全十美的盾牌保護我們，把愛摒除在外，這麼一來，我們就否定了自己擁有眞實人生的機會。

再一個控制生命的辦法是變隱形人，確定自己沒有不同的意見、需求，或感受——最好是根本就沒有意見。我們把自己的才華隱藏起來，而不是加以發揮，因爲有創意會吸引注意，而吸引注意很危險。我們把自己漠視到沒人看得見的程度，也就不會受傷害。我們不再需要別人什麼，連愛都不要；我們不再以各種方式測試我們的環境，也不再佔據我們應得的空間。我們不表態，不惹麻煩，不造成不便——而且從不冒險讓別人看出我們的眞面目，我們就實際上掌控了我們的環境。我們排除任何帶一

我們的人生越是狹窄，我們就越不由自主地想去譴責別人、批評別人。

絲絲生命氣息的東西，由此創造出安全。這麼做我們付的代價或許很高，可是我們覺得事關安全，多大的代價都值得。

另一種的安全架構是過別人的人生，如此一來就不需要過我們自己的人生了。我們可以專心處理別人的事務；我們可以拿別人的角度來考慮、體驗、觀看。這樣我們也可以免去自我分析。總是需要照顧別人的這種強制心態其實就指出了這種不健康的自給自足：我們總是幫別人收爛攤子；我們協助、諒解、支持、安慰、鼓勵，即使根本就沒有人要求我們做這些事。專心去留意別人的結果是我們差不多是完全跟我們自己失聯。

說不定最熟悉的自製安全架構是酒鬼的老婆。因爲丈夫酗酒，她就眼睜睜看著人生走過。夫妻關係給她的感覺越糟，她就越專心去控制他的酗酒習慣。她願意承擔的責任越重，他就喝得越沒有節制。結果她爲了要拯救他不讓他吃下酗酒的惡果，她實際上卻成了他耽溺酒鄉的幫兇。

在西方文化裡，濫用物質八成是最常用來控制我們人生的方法。儘管乍看之下濫用者是想要從自我控制中偷得一點喘息的空間，其實正相反：我們濫用物質是想用化學來操縱我們的七情六欲。我們不肯露出我們的軟弱和無能爲力，向他人尋求陪伴，冒險受傷害，反而轉向酒精和其他物質求取慰藉和了解。我們拿眞正的親密和交情去交換人造的喜悅，只要一點物質，我們就能爲自己製造出這樣的喜悅。這樣的企圖又是妄想要拒愛於千里之外，獲得全然控制人生的幻象。

矛盾的是，物質往往會導致上癮，正好是控制的相反——可是上癮的人卻看不出這一點。上癮的人不會承認上癮了，也不開口求助，他會更努力去控制他這個惡習。所以上癮的人最基本的特色就是他們缺乏察覺到自己生病了的健康洞察力，這樣的說法是很有道理的。除了不健康的自給自足之外，少了察覺自己生病的洞察力也會導致更深的孤立，這個新的理由就足以讓我們來冥思我們對物質的感覺了。上癮這種惡性循環唯有在承認失去了控制並且開口求助的時候才有可能打斷。所以生命才要邀請我們回去交流——跟他人交流，也和生命本身交流。

要是我們允許自己和自己的軟弱以及無能為力溝通，
我們就會找到愛，會相信我們是美好的。

小時候受到什麼樣的對待，我們就會怎麼對待自己

缺少關愛會讓我們迴避和別人的接觸。我們不願——或者該說我們不敢——透露出我們的無力和人性的需求；所以我們只靠自己，以及我們自己製造的那個有點搖搖晃晃的安全架構。

可是缺少關愛究竟是從哪裡來的？在我們旅程的半途中，我們的經驗創造了需要保護自己避開別人和生命的需求，我們把自己孤立起來，越來越相信沒有愛留給我們。這類經驗可能是從我們人生的各個階段來的，不過，幼年的經驗卻是銘刻得最深的。

幼年得到的對待會對我們的自我價值傳遞出關鍵的訊息；成人之後，我們也總是據之以對待自己。那些和我們親密的人會藉由表露愛意或是不露愛意來定義我們的價值。要是我們有許多受珍愛的經驗，我們就相信我們是值得一愛的，也會以同樣的尊敬來對待自己：我們會照顧好自己，認爲我們的感覺和需求很重要，而且不讓自己得

到別種待遇。

反過來說，假如我們的被愛經驗很少，我們就會預期受到的對待是冷漠無情的。我們深信自己毫無價值，所以四周也都圍繞著待我們很差的人——誰教我們已經把這種事視爲理所當然呢。比方說，我們挑選的配偶會使用暴力，或是酗酒，或是尖酸刻薄，或是以別種方式忽略輕視我們。

別人以外在的行爲表示他們對我們的看法。這一點表現在那些在我們早期發展時跟我們親近的人身上格外清楚：我們的父母——無論是不是親生的——他們對我們正萌芽的人生是受託了重責大任的。

童年缺少愛永難磨滅

童年缺少愛由哪裡看得出來？感情上，還沒長大的父母滿腦子都是他們自己得不到滿足的童年需求，所以內心裡沒有地方能容納另一個新生兒。這樣的結果甚至導致了相反的角色，做孩子的反而被指望要去扶養隱藏在父母心中的那個受傷、有所求的孩子。於是這個新生兒靠自己長大了，少了成人的照顧：沒有人看見或聽見這一個年輕的男孩或女孩心裡的變化。兒童若是從小就沒有被當成小孩一樣，那他們長大成人之後就會被剝奪眞正的自我，和自己的深度失去了聯繫。

非但如此，童年時期缺少大人往往意味著在家庭之中沒有人設定規矩、制定清楚的角色。結果，兒童掌握了不該屬於他們的權力，可是這個權力無論在情感上或是發展上都是他們還不能勝任的。擁有這種權力的孩子當然會覺得不安全，而且會鄙視家中的成人，直覺知道成人沒能負起應盡的責任來。鄙視成人的兒童在青春期會變成拒絕長大的孩子，當了父母之後，也不會費心去照顧自己的孩子，反而不停地在追尋自我的滿足——滿足他受到忽略的童年需求。

童年缺少關愛形諸於外的表現經常是羞恥——什麼也瞧不順眼，凡事愛挖苦，對什麼都不屑。羞恥是愛的相反，很快就會填滿缺少關愛所造成的眞空。更糟的情況是，羞恥會在每一方面粉碎愛所滋養的東西——逐漸成形的人格。愛可以庇護一個脆弱的年輕人格。有了愛，父母可以責備孩子錯誤的舉動，卻傷不了他的人格。我們沒辦法跟自己的眞面目交流，除非是承認並且接納自身的脆弱；我們沒辦法透露自身的脆弱，除非是有愛。

有人總是替我們設定條件，這也反映出了我們的生命中缺少愛：**我會愛你，只要你如何如何**。愛不是什麼你得去爭取的東西。沒有人憑著拚命變得有價值這種手段來控制愛的。看似幸福美滿的家庭也是可能會缺少愛的：社會地位頗高的家庭，生活富裕、教育水準高、遊歷過各地等等。可是如果大小事情都一定得看起來很美好的話，那就會出問題：我們給別人的印象變得比實際情況更重要，但是家庭內部實際上卻是空洞的。這一類的缺少愛通常都掩飾得很巧妙，因而很難察覺：因爲表面上太美好了，就會覺得一定是眞的美好。

缺少愛的經驗會編進我們的人格裡，等我們成人之後，它會在不愛自己、不愛我們的環境上表現出來。這樣的匱乏會阻止我們去信任別人、接觸別人：我們從不透露我們的眞面目。我們深信顯露了自身的脆弱會有危險，所以我們躲避別人，處處提防，以免自己心裡有數的冷漠邂逅會傷害我們。

假如我們的被愛經驗很少，
我們就會預期受到的對待是冷漠無情的。

內心的安全給我們有勇氣的人生

缺少愛總是會導致恐懼，因爲恐懼在我們被丟下，和別人沒有深刻交流的時候——也就是沒有愛的時候——就會產生。這樣的恐懼會產生需要控制人生的衝動，而不是去過我們的人生。又因爲我們不能信任愛，我們也不敢軟弱。一旦恐懼征服了我們，我們也不敢犯錯——犯錯會讓我們的人性軟弱露餡。於是內心的不安全感就扼殺了創意。

愛會提供安全，藉由平靜地容忍生命固有的不安全；有愛存在，我們就有勇氣眞正去活，即使活著本身就是危險的事。我們敢於嘗試新的事物——包括那些我們控制不了的——不必靠著拚命確保外在的安全來補償內在安全的匱乏。換句話說，內心的安全給了我們活得危險的能力。我們第三個自相矛盾的說法也就上場了：**要追尋平安，就活得危險**。

危險的生活是有創意的生活，冒險是其中的一個元素；我們爲此付出的代價就是總會受傷害。如果我們因爲害怕改變而死賴著老舊的東西，我們是沒有辦法創造什麼新東西出來的。所以，以過度依賴安全爲基本精神的生存策略其實是會扼殺生命的。

那麼我們需要什麼才能振作起來，獲得繼續旅程的勇氣呢？一個深陷在安全架構裡的人要如何掙脫，繼續旅程，這個稱之爲人生的危險旅程呢？

生命之聲在恐懼的路上越來越嘹亮

恐懼出自缺少關愛，也是不健康的自給自足和所有安全架構背後的理由。我們一覺得恐懼，就會想辦法控制人生，而不是去過我們的人生；因此，前往健康人生需要的是面對我們的恐懼。所以，要是我們覺得人生空虛沒有意義，從沒發生什麼讓我們非動起來不可的事情，那我們就需要開始活得危險了。

這麼說，什麼叫做活得危險呢？活得危險就是變成我們內心的那個人；也就是說，把精心設計的外在安全架構打破，跟我們的眞面目接觸。活得危險就是不當隱形人，允許我們的眞我跨步向前。

有愛存在，我們就有勇氣真正去活，
即使活著本身就是危險的事。

聽起來或許不是那麼的高潮迭起或危機重重，其實不然，而且是大謬不然：我們如果不拋棄自己打造的安全架構，就沒辦法接近內在的自我。假如我們把安全感建立在酒精上，我們就得放棄這個安全感。假如我們是靠知識和博學來追尋安全，我們就必須變得無知無助，面對底下這個眞相，也就是知識不再導引我們的旅程。假如我們塞飽了財富，我們必須不要再把金錢當成主要的目標。假如我們依賴的是配偶，讓另一半代理我們的人生義務，那我們就得放我們的配偶自由，學習如何靠自己站起來。假如我們緊抓著不放的是宗教和黑白二分法，那我們就得鼓起勇氣，踏入自由。假如我們靠裝可愛、變隱形人來尋求安全，我們就得要丟掉我們的隱形衣。假如我們是爛好人，我們就得學習如何表達憤怒。

由這些例子我們可以看得出來，改變感覺起來是極端危險的。我們精心建造了安全架構，爲的是把某個階段——通常是幼年階段——經歷過的不安全感摒擋在外。一旦我們開始質疑並且拆除這些架構，這些似乎百利而無一害的架構，我們就必須面對大禍臨頭的感覺，也就是當初讓我們建築這些架構的同一種感覺。所以在改變的劇痛中，我們或許覺得我們的世界在崩解，我們失去了方向，神智也不清了。

也就難怪那麼多人不願意割捨毀滅性的婚姻了。孤獨一人會讓不安全感浮上檯面，而他們不敢面對；事實上，很多人寧可死也不願面對這些恐懼。這也是許多酒鬼沒辦法戒酒的原因；放棄他們唯一的安全島會披露出隱藏在酗酒之後的感覺和問題。眞正的復元必須處理這些問題——雖然說清醒是首要條件，不過光是清醒還不夠。

拆除我們的安全架構往往會激起極大的恐懼，除非我們別無他法，否則我們是不願意面對這種恐懼的。可是，還是有很多人選擇自我毀滅，而不是自我發現。

勇氣就是把恐懼轉化為祈禱

改變往往會有威脅到生命的感覺，可是就有人願意要走上這條路——去挑戰看似不可能的任務。這些人都有一個共通點，也就是少了它就沒有人能存活的特質：勇氣。

人類的種種特性裡最受激賞的可能就是勇氣，可是要給勇氣下定義卻不是容易

活得危險就是不當隱形人，允許我們的真我跨步向前。

的事。說不定根本不需要下定義，因爲我們都知道勇氣是什麼——眞的嗎？我們通常覺得有勇氣的意思就是不害怕，可是相對的說法好像也言之成理：**勇氣就是儘管害怕仍然能夠起而行動**。就因爲恐懼，我們才需要勇氣，換句話說，勇氣是陪伴我們的朋友，或是對抗恐懼的反擊力量。我們甚至可以說勇氣是恐懼的積極結果，而消極的結果就是讓自己癱瘓、動彈不得。

有人說的好，勇氣是把恐懼轉化爲祈禱。話中毫不修飾的眞理讓我很感動。面對一個看起來好似難以超越的任務或情況時，勇敢的人了解自己的極限，不過他不能逃避這種形勢比人強的情形。他必須面對的無上霸權逼得他必須曲膝，而儘管任務不可能達成，他的內在卻有什麼醒悟到其實並非如此。他和不可能的元素奮戰，節節敗退，摔倒在另一個看似不可能的東西上：上帝。因爲手邊的任務超出了他的能力範圍，他必須採用超出自身極限的手段，於是我們有了祈禱。**祈禱是在面對難以超越的任務時一種勇敢的反抗**。勇敢的人祈禱是因爲他害怕。所以勇氣究其實也就是謙卑以及了解自己的限制。

英雄在未知的領域裡仍有信仰

勇氣是英雄的必備特質——說得更精確一點，勇氣造就英雄，而英雄就是能夠傾聽內心並且依樣行動的人。不過，他這麼做可能會和外在的世界起衝突，所以英雄必須有雖千萬人吾往矣的勇氣。英雄在面對恐懼時，他會創造一條全新的道路。他不會問應該創造什麼，而是傾聽自己的內在——他的人性核心——並且勇敢地對抗既有的機制、架構、陳規。於是英雄會造成衝突，遇見反對的力量：他一個人勇往直前，而破壞者也會如影隨行。眞正的跟隨者要稍後才會出現；有時英雄甚至必須在死亡之後他所創造的道路才會變得人來人往。說到這裡，我心裡想到了許多的藝術家，比方說梵谷，他的一生窮愁潦倒，畫的東西在生前誰也看不懂，到今天卻唯有富可敵國的人才買得起。英雄總被燒死在木樁上，釘死在十字架上，公然受羞辱，被驅逐出家鄉，讓人瞧不起，到處吃閉門羹，一點地位也沒有，還被斥爲異端邪說。

我先前提過，英雄有一種奇妙的能力，他們相信自己的內在感覺，而不是成了慣例的規範。因爲和習俗對立，英雄會威脅到我們所創造的控制幻想和虛假的安全感。我們人類有一種傾向，硬要把生命套進某種模式裡，把曾經生氣勃勃的東西給系統化、給壓抑住。比方說，愛情——明明是應該讓我們一頭栽進去的——卻發展成了婚姻，最美麗的婚姻是神聖的，可是最可怕的卻是一種法定的安排，完全沒有愛意。（就像某個常聽的笑話說，戀愛可以有兩種結局，一個是幸福快樂，一個是結婚。）

無獨有偶，**信仰——明明就是一種因熱忱、偉大的激情以及改革的欲望而燃燒的感覺**——也發展成了宗教，一套賺得救贖的規矩。將上帝放進了更方便、更容易控制的系統中，信仰就成了宗教。換句話說，我們不願意在上帝面前生活，所以我們創造了宗教，把信仰和上帝馴服在某種在我們掌握之中的東西裡。與此類似的還有把經過衝突和掙扎才贏得的社會正義變成了立法，發明變成專利，社會運動變成政黨，革命變成政治體制、創作成了時尚、敏銳的眼光變成趨勢。

運動或是議題發展成爲機制之後，它也失去了原有的精神，原本驅動的激情和光芒必然會消退。機制有它自己的生命。官僚就是一個很好的例子：聽說官僚可以靠自己壯大，變成自己的目的；它非但不爲人民服務，反而指望人民來爲它賣命。什麼公僕，根本沒人記得「僕」這個字的意思。

英雄能夠看透這些死氣沉沉的體制雖然提供了安全卻扼殺了自發的精神。英雄行爲的精髓就在公然反抗這些死亡的機制，因爲它只會撫育出盲目的服從，只接納那些墨守成規的人，那些人云亦云，依樣畫葫蘆的人。所以，在英雄擺脫這些鐐銬的時候，那些死命抱著體制不放的人就會覺得不確定。他們的安全受到了威脅，他們的反應很激烈——他們甚至願意殺死英雄，好保住空洞的城堡所提供的安全幻影。

我們內心的王子遇上了內心的惡龍

歷史告訴我們有許多偉大的男女改變了人類的命運，他們相信當時還沒有人知道但終會出現的事物，因爲這些英雄擇善固執，捍衛自己的信念。我們都知道誰是馬丁·路德·金恩，甘地，哥倫布，伽利略，巴哈。我們也知道誰是拿撒勒的耶穌。

可是我們知道誰是約翰·史密斯和珍·竇嗎？他們也是英雄，雖然說史家從來沒有記錄過他們。他們為什麼是英雄？因為說到底，英雄行為的精髓就是有長大的勇氣：長大成人的意思就是要對抗源自我們童年的內心形象。

小時候，我們面對來自成人的壓迫式優越。別的不說，光是生理上成人就又高又大，我們根本沒有力量能擊倒他們；他們的知識和技能也遠遠不是我們能競爭的。我們把優越的父母形象內在化，慢慢又發展成了內心的機制。這些機制提供我們安全，只要我們聽話，只要我們照著父母的期望去做。小時候，我們的人生完完全全要依賴父母，而這種感覺會持續，跟內在化父母一樣繼續下去：我們仍覺得我們的存在端賴是否能聽從家長的意志。

有時候這些內在化的父母代表了壓抑我們獨立自主的力量。而我們必須找到勇氣來反抗，和這些與我們的個體衝突的內在化規則戰鬥——也就是拆毀我們生命中的安全基礎。許多的童話故事就描述了這種力圖掙脫內在化常規的奮鬥，像是王子必須擊敗惡龍，惡龍代表了他恐怖的萬能父母；王子代表自由、個體、獨立及長大成人。在惡龍身上，王子面對的是壓迫性的優越，惡龍揮舞的力量也是他父母在他小時候管制他的力量。

王子是英雄的原始形象：王子擊敗了惡龍，個體征服了內心的常規慣例。我們從這裡看出英雄行爲實在是每天都看得見的；每天都是戰場，我們內心的王子遇見我們內心的惡龍。可是這種每天的英雄行爲實踐起來究竟是什麼意思呢？

英雄有勇氣接近真正的自我

舉例而言，英雄是一個有勇氣離開毫無生氣的婚姻的人。儘管習俗傳統都反對，英雄卻有勇氣去做：當然會有人認爲他不負責任，甚至罪惡。可是他更堅定地相信他的內在感覺，他的內在感覺告訴他沒有愛才是罪惡；同樣的，只爲了表象，爲了害怕長大和改變就去維持一種安排，這也是罪惡。許多善意的基督徒反對離婚——倒不是因爲離婚是罪惡的，而是因爲這麼一來他們就不得不去面對一個事實，就是在他們自己的人生中離婚也是有可能發生的，那他們就得和自己的恐懼打照面了。他們躲在冠冕堂皇的話之後，什麼上帝啦，道德啦，這樣子他們就不必面對自己的恐懼了；他們

長大成人的意思就是要對抗源自我們童年的內心形象。

披上了正人君子的斗篷，至少暫時不用去理會內心的需求或改變的壓力。他們的立意似乎是良善的，可是眞正的動機卻是恐懼。

這不是什麼新鮮事。法利賽人想用他們的宗教以及亞伯拉罕的苗裔身分來嚇唬耶穌，可是耶穌才不吃那一套，因爲就像受洗者約翰說的，上帝爲亞伯拉罕可以把孩子從石頭堆裡扶養長大。信仰一旦成了機制，就轉化成了狂熱，這時上帝就沒有一席之地了。更有甚者，嚴格的宗教信仰從來就不是生活的實際工具。許多譴責離婚的基督徒事實上是困在自己無愛的婚姻裡，因爲他們害怕被人說是失敗者加罪人，所以才不敢離婚。可是上帝就是愛：祂要我們的生命中有愛，而不是一個空洞的機制，美其名叫做愛。

英雄也會有不離婚的勇氣，即使別人可能都認爲他應該要離婚。要是他當眞相信婚姻中的傷害能夠解決、能夠治療，那麼他留下來奉行他的內心信仰，他就是英雄。如果他覺得這麼做是正確的、是充滿愛意的，那他應該去做，即使「立意良善」的人因此而鄙視他。世上最大的邪惡就是把惡意僞裝成善良，可是我們的英雄根本不理睬它。

英雄有勇氣辭職不幹，離開一個讓他不舒服而且不可能會有什麼改進的工作場所。不過在做這個決定之前，他會先給工作的夥伴一個機會來討論這些引起歧見的問題，而不是粉飾太平。可是討論之後還是沒有任何改進，而他又不願意犧牲自己或是自己的健康，那他就離開，即使別人可能會以爲他瘋了，竟然捨棄了一分穩定的收入。他願意擔這個風險，活得危險、有創意，他認眞看待自己的個人價值、忠於自己，期許著未來，而不是一味的默默忍受。

英雄也有勇氣在他總是乖順服從的情況表達憤怒，即使代價是遭到拒絕。他了解不計代價的和平未必見得是最好的解決之道；如果和諧是靠迴避棘手的問題才維持住的話，那麼偶爾我們必須要創造危險，打破和平。這樣的和平不是上上之選，與其如此，寧可選擇一個能夠闡明眞理的危險——也就是說面對問題的本質。表達憤怒可以終結掉人爲的親和，這種親和只會扼殺改變和成長的機會。在某個組織中容忍所有的錯處和結構上的缺失並不能讓成員同心同德；恰恰相反，對公司眞正忠誠的人會說出所有的成員必須攜手同心一塊解決的難題，讓大家一起成長發展。英雄就有攪亂一池死水的勇氣。

英雄行爲也免不了透露我們的軟弱。暴露自己的軟弱，我們變得更坦誠：有人傷害了我們，我們要有勇氣表示我們傷心。外表堅強的人會假裝沒事，然後他隱藏起來的受傷感覺就會變成障礙，不讓他和別人親近。等他再遇見那一個傷害了他的人，他的微笑就會不自然——他們兩人有了嫌隙。

情感上的坦誠意味著我們認眞處理我們的感覺，與別人溝通：這樣才能創造眞正的親密。當然，情感上的坦誠也會給我們帶來痛苦，因爲總是有人會佔這種便宜，踩在我們頭上，好讓他自己看起來高人一等。不過，英雄不僅僅是勇敢而已，他還有理性，能夠自在運用他的判斷力，辨識出那種專挑別人軟弱下手的人。

英雄行爲也可以是我們在原本保持沉默的事情上開口說話——或是在原本急著想開口的時候閉上嘴巴。我們或許決定要針對某件必須討論的議題表達意見，可是別人卻極力避免，也可能我們選擇只聽不說，並且相信別人都注意到了我們的意見，即使我們並沒有積極地表示。有時沉默比多嘴要明智；所以英雄懂得運用判斷力。

英雄行爲也可以是曾經憤世嫉俗，後來有了信仰。公開表達的信仰會讓我們容易受傷害；而憤世嫉俗則是掩飾軟弱的一個手法。犬儒希望在別人眼裡是知性的、世故的，他唯恐會顯得幼稚天眞。在知識分子圈裡，幼稚——也就是說像孩子一樣不預設立場，容易相信別人——必須有莫大的勇氣；然而生命中最偉大的眞理是只透露給仍有赤子之心的人的——而自大的犬儒卻非得靠自己的杜撰才能安心。

另外選擇不去相信權威所頒布的眞理和教義也是需要勇氣的。宗教派別很懂得操縱現實。如果純一的眞理成了威脅，他們覺得勢必要剷除的話，英雄會有勇氣去正視可以戳破宗教權威的自我膨脹的眞理。由這些例子可以看出，赤子般的信仰和理性思考都需要勇氣，至於要哪一種勇氣，則視圍繞我們的是哪一種盲從者而定。

沉默是金

最近我發現有一種特別的英雄行爲深深吸引了我：那種拒絕衝鋒的。我們居住的社會普遍染上了慢性緊張症。沒時間成了大人物的同義詞，也是抬高自己身價的手法。假如你不是行色匆匆的人，你就不是什麼重要人士。假如你的行事曆或備忘記事簿或安排時間系統不是塞得滿滿的，你就什麼也不是。假如你的手機沒有二十四小時響個不停，你就有理由懷疑自己究竟存不存在。假如你不忙，你就是廢物。

當前的我正在極大的變動中，忙著籌備一個爲時四年的訓練計畫，訓練那些從事心理輔導的人員如何將委託人當成人看，而不是什麼病人或待管理的個體。我需要注意許多事情：電話、電郵、信件、面談等。同時，我還得寫一本書——可是創作絕不能有急就章的心態，反而需要沉默，有思考的步調和空間。可要是你讓日常事務控制了你，而不是你去控制它，那這類的寧靜是不可能得到的。話是這麼說沒錯，可是我有那個勇氣爲創作挪出空間來嗎？我有勇氣說不嗎？我有勇氣進入一片沉默，手機不響，行事曆有空欄，聽不到別人跟我強調我有多重要嗎？沒空需要極大的勇氣，因爲這麼做你會向潛在的有趣計畫說不——就算你跟一個人說沒空，也不能跟上百個人說沒空。

這種寧靜的心態並不會自然而然產生；我們必須要自行來創造這片沉默和空間。許多人夢想著要退出職場上無止境的無聊競爭，反覆說個不停，心中懷著莫大的渴望，可是很少人眞的退出。爲什麼？因爲放棄了一般視爲正常的東西，我們就進入了極大的孤寂，一片沒有道路的疆域——這種事可是很嚇人的。一旦進入了這片領域，我們會看見的是惡龍的足跡，而我們知道遲早我們得面對這頭猛獸。

英雄走的路是寂寞的

英雄放棄了看見國王新衣的安全做法，反而指出國王沒穿衣服，這麼一來，他就和自己的社群疏離，失去了社群提供的安全和支持。他陷入了反對規矩和機制就會引發的痛苦的孤獨之中。說不定英雄其實是社群創造出來的，爲了新生的需要才創造的。有沒有可能在某個機制的初衷不再，生氣開始窒息的時候，集體下意識就創造出對英雄的需求，因爲英雄願意進入這種龐然的、典型的孤寂？沒有一個英雄是不寂寞的。這種寂寞表示某種眞正新穎的東西正在成形，某種超脫了瀰漫在世上的死亡因與別人溝通，這樣才能創造真正的親密。

襲。

耶穌在十字架上面對這種孤寂說：「我的神！我的神！爲什麼離棄我？」這種孤獨的經驗正是我們可以肯定他創造了某個眞正新穎的東西的徵兆。他在十字架上的吶喊就是創造的吶喊。它說的是某個凡人跨出了安全的、已知的範圍，創造了大地與天堂的連結——也是讓我們重生，從上方重生的機會。想要眞正成長，我們必須願意面對這種典型的孤獨，而且創造的吶喊必須由我們的口中發出。沒有英雄行爲，就沒有成長；沒有成長，就沒有生命。

災難未必是災難

如果我們想要重獲完全的生命，我們必須願意面對英雄的孤獨，而這種感覺會誘發無垠的不安全感，所以我們才常常緊抓住因襲提供給我們的安全：我們人云亦云，在犒賞我們的忠誠的機制前折腰。可是萬一這些機制開始讓我們窒息怎麼辦？萬一生命之流停滯了，而靜水開始發臭了呢？

克服生命中的災禍之後，我們通常都會比先前更珍惜不同的東西，我們的價值觀也會更有深度。比方說，我們摯愛的人過世，或是嬰兒出生——無論生死，生命都很強勢地出現，除非我們是麻木到了極點，否則不可能不注意到。

災難呈現的形式非常多樣，諸如失業、生病、意外、酗酒、離婚。這些都是可能搖撼我們人生根基的危機，可是事實上卻也提供了我們一個轉機。起初這些經驗感覺起來很殘酷、很無謂，可是稍後我們反而會感激。爲什麼？因爲這些災難粉碎了先前我們爲了躲避生命中固存的不安全而打造的避風港。

遇見了危機就會自動自發祈禱，不是什麼不尋常的事。祈禱就是在我們失去力量撐扶自己的時候請求別人來扶助我們；換句話說，尋覓和信仰似乎是在我們崩潰的時候醞釀的。我們越是瀕臨極限，我們的生命和價值觀就會越深刻。我認爲可以這麼說：災難甚至可以讓我們復甦。

不過不要坐等什麼重大災難襲擊，我們可以學習創造較小的災難來讓我們的活力不輟；我們可以學習如何選擇，不讓自己陷入冬眠，也就是被虛假的安全感給催眠了。這是什麼意思？基本上也就是當個英雄：拆除掉提供我們安全的東西之後，我們創造一種不安全狀態，讓我們尋找更深刻的安全，眞正的、恆久的安全。要是我們把寶貴的生命交到我們營建的安全架構手上，我們就沒辦法探究出眞正的安全是否存在。要是我們從不敢做什麼會嚇著自己的事情，要是我們總是選擇安全熟悉的路徑，從來也不去面對自己的極限，那我們就不會成長。

英雄行爲也包括主動追求會引起恐懼的事，讓我們和自己的恐懼保持連繫。我們害怕自己控制不了的東西，我們的恐懼正好告訴我們哪一個方向是我們應該要費心成長的。我們一開始做會嚇著我們的事情，就會失去控制。要是我們的恐懼悶壞了我們的生命，那麼這麼做反倒是美事一件。

可是我們到底害怕什麼？

我們的夢想告訴我們未來會是什麼樣的人

我們的恐懼跟我們的未來願景有神秘的關聯。而我們的夢想是等著在我們心中出生的眞面目的一部分，不過這一部分是渾沌不明的——而我們害怕的也就是這點。我們很難辨認出眞實的自我，因爲我們從沒有機會探索自己的本質。我們有許多人在某種環境下成長，只認識自己的一小部分，所以也只有這一小部分的眞實自我存在；然而，我們未知的特性仍舊是我們的一部分。我們的夢想就象徵了我們心中這個未知的部分。

英雄會認眞地傾聽自己的夢想，而且有勇氣去圓夢。他做的選擇會以夢想爲準，而且一心一意奉獻給內心的願景，最後夢想會一一實現。可是這麼做他會和社群的因循以及自己心中的因循起衝突：儘管心裡有部分相信自己的願景，還是有部分不相信。這時他就必須要當個英雄，擊敗內心的惡龍，爲自己的夢想貫徹始終。

英雄會和那些決定不理會他們的夢想而選擇虛假的安全的人起衝突。雖然英雄受到警告，他還是勇往直前，和惡龍戰鬥，他的做法會提醒那些緊抓住自己所選擇的安全不放，決定停滯不前、不戰鬥的人。

我們越是瀕臨極限，
我們的生命和價值就會越深刻。

有信仰就是有勇氣

信仰從每天的英雄行爲中滋生：要是我們願意做英勇的抉擇，把安全架構破壞掉，我們就會面對恐怖的不安全感。先前說過，勇氣是把恐懼化爲祈禱。活得危險又有創意，英雄必定會篤信某種比他更加偉大的東西。

我們的文化缺乏信仰和靈性，倒不是因爲信仰的價值比不上智識（這是說信徒一定得是個睜大眼睛的傻瓜），而是因爲我們很難相信要是我們的力氣流光了，我們還是有辦法得到攙扶。

其實，信仰很困難是因爲我們不能夠相信有人愛我們。上帝這個問題基本上就是愛的問題：要是我們不相信有一個慈愛的上帝扶助我們，我們就永遠不會有勇氣眞正的活著。我們會想辦法去控制人生，而不是很單純的去過我們的人生。可是唯有面對我們的不安全感才能找到平安。

4.

What you give up will be given to you

你捨棄的會歸還給你

- 想一想你這一生想要追尋什麼？
- 想一想什麼物件？何種事件？會勾起你的好奇心和興趣？
- 你相信自己是被愛的嗎？
- 你是工作狂嗎？
- 你的娛樂活動是什麼？

以上這些問號都沒有正確的答案，
但是透過這些提問，你可以面對自己最忠實的一面！
更重要的是你可以在以下的內容中找到解答。

你捨棄的會歸還給你

我們的文化中擁有什麼和物質享受成了一種建構身分的方式。我們這個時代的宗教是物質崇拜；我們向它尋求意義，彷彿我們與自己的人性核心失去了連繫，因而失去了過深刻人生的機會。於是空虛趁虛而入，接著我們又設法用物質上的富足來填補：我們似乎認爲物質商品越多，我們的生活就越好。

可是大家都知道，缺乏深刻的人生是沒辦法用膚淺的財富來彌補的。事實上反而是恰恰相反：我們搜刮越多的物質財富來掩飾我們情感上的微恙，反而會讓我們越不舒服。

內在的苦悶是沒辦法用外在的方法來解決的，無論我們用多少東西裝飾自己。我們的內在健康和外在健康究竟有什麼關聯？這個關聯又眞的存在嗎？比方說，要是外在的成功未必能夠保證內在的成功，那麼什麼可以？還有，外在的成功會自動跟隨內在的成功，換句話說，我們情感上覺得舒服，是不是也比較可能得到物質上的成功？

要是我們總是選擇安全熟悉的路徑，從來也不去面對自己的極限，那我們就不會成長。

這又挑起了一個更言人人殊的問題了：有錢人情感上覺得健康呢，還是物質財富顯然會引起情感上的苦悶？這個問題說的好聽叫幽默，說的難聽叫可笑——這得看積聚了多少財富而定——可是卻是值得一問的問題，因爲我們整個文化都建立在對物質財富的激賞之上。所以了，可不可能我們很有錢，同時情感上也很健全？如果答案是肯定的，那麼又是哪種人能夠擁有情感上的資源來面對處理物質財富？

「要先求他的國和他的義，這些東西都要加給你們了」

新約爲我們的問題提供了一個有趣的答案，所以就讓我們針對這一段引文再更詳細地分析。畢竟，這一段經文意味著早在西方文明將獲取奉爲宗教之前，這個問題就已經存在了。

「這些東西都要加給你們」？

以我的了解，「這些東西」指的是世俗的所有物——也就是我們西方人當成生存的主要內容，相信是美好生命的來源。這種物質上的美好「會加給」我們；換句話說，根據耶穌的說法，我們不能靠汲汲營營來得到財富。耶穌把我們的價值觀重新排序，把物質上的美好列爲次要的成分，不是我們應該爲它作牛作馬的東西。但是，等我們的價值觀次序排對了，它就會「加給」我們；簡單一句話，也就是等我們「求他的國」的時候。

可是這個玄奧的國究竟是什麼？要我們依照耶穌的建議去求這個國，說不定我們應該先得對它有點概念；畢竟，尋求的目標一定是要找得到的，如果連要找什麼都沒有概念，當然不能奢言找到。耶穌常常講「他的國」或是「天國」，聽得許多他同時代的人會錯了意：他們開始等待什麼看得見的東西，希望會有個彌賽亞來帶領革命，讓上帝的選民能夠掙脫羅馬的禁錮。

就連在今天，意義也不是很分明。他的話導致了一種遙遠的童話王國誕生，我們小時候一心渴盼，那是一個主日學的世界，街道鍍金，還有輕盈美麗的天使。許多人以爲尋求天國就一定得要皈依宗教、奉行宗教儀式和守則；其實，耶穌並不推薦這類的虔誠，例如他就說安息日是爲人而設的，而不是反過來人是爲安息日而設的。他的意思是宗教儀式和守則不該重要到奴役了我們。

很顯然，天國這個概念可以扭曲成一種不切實際的幻想或是人爲的宗教，一種不健康的自立自強。可是他說的神秘國度可不可能有更深層的涵義？會不會是在我們的日常生活中很重要的東西？理解這個概念，即使只是一點皮毛，是否能給我們情感上的不滿帶來一些慰藉？說眞的，基督教的宗旨似乎就是針對日常生活的，我們在此時此地的人生；神聖的童話世界在我們需要別人幫我們走出困頓時是沒有什麼作用的。可是我們要如何闡明天國眞正的、實際的涵義呢？這個國似乎是無法定義的——但是說不定我們可以收集不同的面貌，看看它們創造出什麼樣的意象來。

「他的國」？

首先，天國似乎是存在我們心裡的：耶穌的說法譯自希臘文，意思是「在你心裡」或是「在你們之間」——不是什麼遙不可及的星球，而是，套用聖奧古斯丁的話，「比我自己還要靠近我。」如果天國就在我們之間，那一定是我們日常生活的地方：這個國就在我們的交流和溝通之中；就在我跟你說的話，你跟我說的話裡；是我們對彼此是什麼樣的人和我們對彼此做什麼樣的事。

換句話說，這個天國就體現在我們跟超市收銀員打招呼的態度中。是週一早晨在公車上對旁邊的人露出的微笑。也說不定是塞車時我們讓別的汽車超前，或是爲家人烤小餐包，擺刀叉。甚至也就是我們決定要穿的艷麗新襯衫，即使我們害怕顏色會吸引注意，讓我們難逃眾人的目光。說不定天國也出現在我們把報紙放下，對著在我們腳邊遊戲的孩子嘻嘻笑的時候。

雖然出現在這些具體的情況中，可是天國仍是不受我們掌控的：它永遠超出我們想要加以定義、從而掌握它的努力，我們可以把這個國和它的效果從心理學上來詮釋，可是卻不能全盤理解它；我們能夠感覺到這個國，被它碰觸，可是卻絕捕捉不到它，也控制不了這樣的邂逅。天國喚起我們的驚異和欣賞，但也可能引起我們的不耐和惱怒，因爲它不在我們的掌握之中。因爲如此，我們可能會反對天國，想要破壞它或否認它。我們甚至會痛恨或輕視這個國，想方設法摧毀它。

天國代表眞理，也可能喚起恐懼或尊敬，讓我們赤裸裸的、十分脆弱。我們可能被天國征服、迷住；它可能引燃我們心中的一把火，改變了我們的人生，也或許它給我們脅迫感，因爲它震動我們，打破藩籬，創造衝突。

總而言之，天國就是愛：讓我們聚合，創造親密。天國其實就是愛的王國：只要我們活在信仰中，我們就活在愛中，因爲活在信仰裡意味著相信我們是被愛的。除非我們深信自己是被愛的，否則我們無法去愛別人。我們進入天國，獲得喜愛，也在天國裡充滿愛心地活著，而帶我們到天國的船隻或車輛就是信仰。

信仰也帶來希望。**希望的意思是等待將來會有美好的事物，相信在未來我們也會得到愛**。所以信仰和希望的精髓是一致的：都是被愛。

天國是我們深切渴望的東西，因爲我們內心深處都沒辦法在塵世中找到家，就好像我們心中某個地方並不屬於這個世界——內心裡有個洞，唯有天國能填滿。於是天國就喚醒了強烈的回家感覺：我們在這裡終於找到了自己的實體。我們是依照上帝的形象創造的，我們可以在心底找到這個形象，我們最眞實的自己也在這裡。我們對天國的嚮往反映出這個更深層的本體並不是杜撰的；所以天國才稱之爲「家」或「我們天堂的家」——它給我們撫慰、意義，和方向。就連死亡都宰制不了我們和天國的關係，天國的範圍遠及生死的兩端，也就意味著是比我們所知的生命還要恢弘。

這一切才是我們該尋求的天國。可是追求天國又是什麼意思？

「先求」？

要我們去追尋什麼的話，一定得勾起我們的好奇心和興趣。追尋要求我們全神貫注在某樣事物上，朝一個方向搜尋；追尋需要的是不懈怠、不放棄，即使沒辦法立刻有什麼發現。追尋也脫不了希望：我們必須堅信總有一天會找到我們在尋覓的東西。否則的話，我們的追尋只是一場空；要是我們很肯定我們所追尋的事物不復存在了，我們就會停止我們的探求。

追尋少不了等待，耐心地等待，但它也同時是一種活躍的過程，需要發明創造：

我們必須不斷想出新點子，朝正確的方向探索。追尋往往也得加上熱忱，也就是期待著找到標的的喜悅。熱忱是追尋的幕後動力，讓我們越挫越勇的能量。但是追尋的途中也會碰上失望和無助：我們可能決定放棄，再也不要浪費心神去思索我們究竟在追求什麼──除非是有什麼新發現的熱忱，讓我們會回頭去追尋。

「先求他的國」？

如果現在我們把追尋和天國的不同面貌結合起來，我們會看見什麼？我們可能會得到下列的結論：

追尋天國是一種堅持不懈的熱情，標的物是我們內心期待的無可名狀的眞理。

這個定義告訴我們天國是在我們心裡的。天國是無法訴諸語言文字的；它可以期待，卻不可捕捉。然而，天國也同時是強大的，儘管連番挫折、連番失望，我們還是持續不斷地追尋。天國也解釋了我們的存在；追尋這個國就等於是追尋我們生而爲人的眞諦。我們也可以把追尋天國形容成一種精力充沛的過程：與其說它是接近目的地，不如說是朝目的地移動。

「要先求他的國和他的義，這些東西都要加給你們了。」這句話究竟是什麼意思？說不定耶穌的本意是這樣的：

首先找找內心裡是什麼讓你的靈魂發光；是什麼引起你的驚異，什麼不受你的掌握。尋找愛，創造交流，待人處事光明磊落，就算可能受傷也願透露自己的軟弱；愛會傷人，可是那種傷痛會治癒你。所以別怕渺小、無助、迷失，一切顯得毫無希望的時候，相信自己會得到扶持。絕不放棄希望；在內心深處尋找你相信什麼，即使它感覺上好像不可能。

「先求他的國」可以是上述這個涵義。

「我的國降臨，我的旨意行在地上！」

人類最大的悲劇是我們不知道自己住在天國裡；換句話說，我們不相信我們是被愛的。我們不知道我們是應該要體會到我們是有人攙扶的。所以我們才將生命捏在自己手裡，開始建立「我們的王國」，而我們的禱告成了「我的國降臨，我的旨意行在地上，如同行在天上。」也就是說，我們自己去求「這些東西」，而不相信會「加給」我們。

我們進入了自己的王國之後，就失去了深刻生命的機會，也就失去了擁有眞實自我的機會，因爲唯有在自己的深層才能找到眞正的自我以及我們原本該過的人生。假如我們希望過一個美好的人生，我們就需要深刻的生命——而要找到這個深度，我們必須向內尋找。聚焦在表面不能讓我們彌補缺少生命深度的遺憾。現在來回答之前的問題，不，追逐並達成外在的成功並不能帶來內在的滿足。成功的人生靠的是內在的成功而不是外在的。事實上，死抓著外在成功不放反而象徵了內在的失敗：越是需要累積成功的象徵，也就越失敗。要是我們把一切都投資在外在所有的東西上，我們就失去了內在生命——而一旦我們失去了內在生命，我們也就失去了自我。耶穌問：「人若賺得全世界，賠上自己的生命，有什麼益處呢？」

失去內在生命等於失去了平和的心境，其結果總是失去意義：一旦我們不再和人性的核心接軌，我們就不知道自己爲何而活。一個坐擁一切的人也許覺得沒有什麼東西是重要的。富可敵國的人他的人生往往是可悲的，總是和孤單空虛苦苦掙扎。外在生活的極致成功很可能是內在生活的絕對災難——還有什麼例子比貓王和瑪麗蓮夢露更能說明這一點呢？他們兩人都是全世界的偶像，可是最終都毀滅了自己。

我們內在的自我可能受到忽視

失去內在的自我，我們並不是每次都會注意到。生命感覺很空虛，可是我們以爲那只是因爲我們的收穫還不夠多。那些完全不知道有內在生命的人往往就是這樣。那些童年在一個無愛的家庭度過的人，可能根本不知道我們有內在深度，因爲我們只能在跟別人的愛的互動上才能找到這一度的空間。跟這個深度沒有接觸，我們覺得我們少了什麼，可是又不知道是什麼。反正無論什麼都覺得空洞就對了。而爲了塡補這個空洞，我們採用了各種辦法，這些辦法都有一個共同點：不健康的自給自足，也就是追尋「自己的王國」。其中最常見的辦法是酒精、工作、金錢、顯赫的頭銜、知識、成就、戀愛、美食、節食健身、裝潢房屋、性、網路、權力、宗教、毒品、購物、旅遊、娛樂——在在都承諾美好的生活，卻讓我們得不到，而越陷越深。

這些東西，究其實，都不是本身有什麼不好；一般來說它們都不偏不倚，有些甚至還很好——在運用得當的時候。酒精帶來愉悅、放鬆、美好時光。金錢提供滿足需求和實踐夢想的機會。戀愛給人刺激以及強烈的感情；宗教爲我們的存在添加深度和意義。網路代表冒險、新的接觸與機會，以及一個更寬廣的世界。成就可以令人稱羨，和刺激的人來往。食物更是營養的來源，維持生命的必要條件；性提供感官之樂和深刻的聯繫——當然還有生殖及家庭。

我們的需求讓我們脆弱

爲了提升我們的健康和生活品質，我們竭力爭取——這是可以讓人圓滿、健康、自然的需求。我們的需求很豐富，反映了我們的人性，可是也使我們脆弱。只要我們需要什麼，我們通常都是對別人有所求，少了這份聯繫，我們就無法體驗親密或眞正的感謝。我們的需求就是愛背後的動機，因爲需求讓我們和別人接觸：想要被人聽見看見，我們就需要一個來看來聽的人。換句話說，我們需要維護愛，一種人與人之間健康的依賴。也許這麼說不算錯：我們的人性需求驅使我們追尋天國，愛的王國。

因爲我們的需求使我們脆弱，我們經常會遇見失望；不見得每個人都安全，不見得每個人都能滿足我們的需求。除了失望之外，我們還會體驗到吃虧、嘲弄，甚至遺棄；要是在童年時就碰上這種情況，我們就錯過了和別人親近的那種美好安全的感覺。要是我們經常受傷害，我們會開始覺得別人都很危險，所以我們最好是藏起眞正的需求，變強，變獨立。於是我們的人性需求就始終沒有滿足過。這麼一來就造成了情感上的疾病，但我們並不了解這種疾病的本質，所以我們想用一些可能帶來安慰和喜悅的東西來治療我們的感覺——比方說酒精，或是尊敬，或是性。我們投錯了藥：我們追尋的不是天國，而是「這些東西」。可是我們不應該追尋「這些東西」，因爲「這些東西」**會加給我們**。俗世的利益應該是副產品，而不是優先考慮。

一旦我們的價值觀變得膚淺，我們又把生命抓在自己手裡，我們就會想辦法自己

要是我們把一切都投資在外在所有的東西上，我們就失去了內在生命。

解決人生的種種問題，而不依靠別人——也就缺少愛。我們追尋我們的王國，著魔似地抓住我們自認的快樂根源。要是我們的價值觀排在正確的次序上，我們會「先求他的國」——也就是說，我們聚焦在內心期待卻無法以言語形容的眞理上。

愛一撤退，我們就把生命抓在自己手裡

我們聽見了我們的價值觀變得膚淺了——可是這是什麼意思？什麼叫膚淺的價值觀，什麼又是有深度的價值觀呢？愛是世上最深刻的價值；其他一切都應該以愛爲基礎：我們應該「先求」愛的王國。這個價值一登上它應有的位置，萬事萬物就都各得其所，而應許美好生命的「這些東西」——像是金錢、性、權力——就會找到恰當的位置、眞正的意義和價值。

可是一旦我們的價值觀是膚淺的，「這些東西」就變成了死胡同，而不是通往某個終點的康莊大道。我們爲了金錢而追逐金錢，而不當它是求取美好生命的方法。這麼一來，我們把金錢從它原本的目的隔離了出來，捨棄了爲他人服務的初衷，把它貶

低成一種追逐自私的快樂的手段。於是金錢不再爲愛服務了。

性也是同樣情況。我們把它從情慾上的感覺抽離出來。性不再是兩個人深刻的性感遇合，反而是彼此利用來滿足需求，而且兩人都感覺空洞：沒有深奧的親暱、沒有靈魂的交流。

互動遭到拋棄

我們和別人的偶遇只要失去了眞正的交流和對話——也就是愛——那麼印象就變得很重要。這類的邂逅中，我們的本意不是眞的和別人認識，而是留下好印象。如果我們是利用別人來抬高自我的價值，那麼是不需要什麼交流的：反正另一個人只是一件物品，而不是一個主體。

除此之外，自私的享樂比起眞正的交流要更受歡迎。如果我們用化學物質來製造有撫慰作用的快樂，我們其實是想跳過交流，滿足我們的人性需求。酒精和毒品也成了迴避親近的手段，而一旦我們避開了眞正的交流，我們就斬斷了披露脆弱的機會

——我們需要別人可能只是想找酒伴，他們的作用是減輕我們對喝酒的罪惡感。

假如愛不再引導我們和別人互動，權力就會走上歧途。權力本來是用來爲他人服務的，現在權力本身卻變成了一種手段，一種工具，只爲了達到我們自己的目標。沒有了愛，我們就把權力從原始的目的切除了，那個目的就是責任。權力是從責任中取得的，而服務則是充滿愛心的權力。少了這種責任，權力變得武斷，造成不幸，胡作非爲，不公不義，甚至導致暴力。

道德變成騎牆派

如果我們的價値觀變得膚淺，我們的道德就變成了騎牆派：沒有是非黑白，一切全憑個人判斷和我們選擇的觀點。所有的事物都是相對的，我們可以爲所欲爲，因爲到頭來什麼都不重要——只要我喜歡，有什麼不可以。

宗教變得比信仰更重要。這個意思是我們把自己變成了宗教的中心：我們不爲信仰禱告，我們反而建構一個體制，可以用我們的規矩和要求來控制。我們不相信別人對我們會有慈悲心，不相信在我們失去力量時會有人扶我們一把；我們只相信我們能夠管制生命——甚至管制上帝。

一旦膚淺的價值觀橫行，罪惡感就只是區區一種感覺——然而這種感覺卻會擾亂我們舒適的生活。不過管他呢，沒有人應該有罪惡感，不是嗎？懊悔可不是美好的感覺——所以我們會盡量廢除罪惡感。生命不再是一個使命；生命應該很好玩，上帝也應該很好玩——像個龐大無邊的玩具熊，可以讓我們拿來玩。於是我們不再自問生命對我們有何種期望；我們才是發號施令的人。迴避了生命固有的自然戲劇，我們追逐的是娛樂，而娛樂代替了生命的眞正意義和有所爲的感覺。

因爲設規矩不是什麼愉快的事，父母拒絕爲孩子扮演負責任的角色，反而想當孩子的好哥們。道德一旦成了騎牆派，爲人父母就不再是一個特殊的使命了；父母不需要再把任何的道德觀或標準傳遞給下一代。不幸的很，父母一心一意在確認他們的孩子既忙碌又獲得娛樂，結果他們並不了解他們爲孩子鋪排的是空洞的一生。

我們的價值觀一旦變得膚淺，沉迷就會取代感官覺醒。我們不再欣賞世界供應的

假如愛不再引導我們和別人互動，權力就會走上歧途。

自然美；我們想要更多！因爲我們覺得空虛，所以普通的東西——其實只要是不夠炫的——都不能滿足我們。爲了感覺刺激興奮，我們需要靠化學來提高樂趣。失去了感性，我們一定得放大音量才能有感覺，任何感覺。

匆促浪費人生

我們的價值觀變得膚淺之後，我們就總是忙忙碌碌的：我們必須追逐更多更多，因爲我們一直沒得到眞正需要的東西。而後果就是永遠匆匆忙忙的，而且還不止是我們這樣子，我們還以自己可憐的選擇創造了永遠停不下來的匆促。

我們會做可憐的選擇是因爲我們和內在的自我失去了聯繫；我們聚斂一大堆東西，卻沒時間去享用。我們總是行色匆匆因爲我們想要行色匆匆。我們抱怨沒時間做我們應該做的事或想要做的事，可是我們的選擇卻一概是基於我們的價值觀。我們的確有時間可以做我們認爲眞正重要的事：要是你的頭髮著火了，你絕對挪得出時間把火撲滅！

我們躲開了我們追逐的東西

如果我們追尋「這些東西」——即使是很好的東西——它們也會變成怪獸，主宰一切，給予我們並非我們追尋的東西，截然不同的東西。

酒鬼尋求歡悅、快樂、美好的人生，找到的卻是絕望、羞恥、墮落。他極力追求美好，卻發現他的世界粉碎了。毒蟲尋求奇幻的經驗，找到的卻是致命的上癮。工作狂全力爭取尊敬和賞識，卻得到潰瘍、中風，或離婚。追逐權力的人得到的不是影響力，而是陰謀詭計——狡猾地算計每一步，就只爲了保障自己的豐功偉業。想要從罪惡感中鬆口氣的人找到的是羞恥，因爲只要不承認罪惡感，羞恥就得到了萌芽的土壤。唯有面對自己的罪惡感，我們才會獲得自尊；羞恥則恰恰相反，它在我們眞實的自我最脆弱的時候一舉摧毀它。假使我們想辦法迴避我們的罪惡感，我們就是在躲避眞正渴望的東西：尊嚴和正直。

如果我們把不容模糊的價值觀變成相對的價值觀，想要藉此來尋求自由，那我們就失去了眞正的自由：去做我們知道是正確的事的自由。如此一來，我們把缺陷變成了價值觀；日遷月移，這些價值觀會禁錮住我們，讓我們被迫去聽從欲望的命令——物質成癮就是這種情況。

追逐性的人找到的是色情。性一旦抽離了原始的目標——兩個人之間的親密和感情以及創造新生命的前景——性就失去了靈魂與精神。

那麼那些很酷的父母，想跟孩子稱兄道弟的呢？他們失去的是孩子的尊敬，因為孩子直覺知道他們的父母應該要負責爲他們設下安全的界線。如果父母爲了取悅孩子成了好好先生，那他們得不到孩子的欣賞，反而會得到輕蔑。

奉金錢爲人生目標的人會發現自己陷入牢籠——好吧，是黃金打造的，可是牢籠還是牢籠。很有可能這個牢籠裡只有他一個人，誰教他創造出的驚人財富是以犧牲別人爲代價呢。圍繞他的不是朋友，而是一群假裝是朋友的人，其實他們要的是社會上以及經濟上的利益。

上帝擁有我們所有的一切

如果我們追逐權力，我們就必須放棄我們的追尋，先負起責任來。負責的意思是接受爲他人服務這個使命——無論我們是政客或是父母。等我們不再追逐權力，而是開始做我們內心深處知道是正確的事情之後，我們就會獲得權力。這番努力不會讓我們沒事可做，因爲矯正世界上的不公不義需要無窮的精力。要是我們認眞看待這件工作，毋須多久我們在自己的社群裡就會變得舉足輕重，自然就會取得影響力。眞正的權力就是影響力：等我們經由爲社群服務而獲得了影響力之後，我們也會有不同的心態，跟那些爲了權力而競逐權力的人完全不一樣。我們將權力視爲工具，用來幫我們完成爲他人服務的使命，而不是把權力當成終極的目標，或是提升自己地位的手段。因此我們不需要緊抓著權力不放，我們也樂意拋棄權力；事實上，只要我們的使命許可，我們會盡快想辦法拋棄手中的權力。政客的目標如果不是爲自己開拓事業，而是獲得影響力來完成爲大眾著想的使命，並且在完成了使命之後就捨棄權力，那他就是個眞誠的人。

我們唯有在停止追逐性之後才能體驗到眞正的性生活。性生活存在於彼此尊敬、親密、感情之中；少了情感上的安全和滋養的關係，這些條件就不可能出現。少了互重，就不可能會有情感上的安全感——而如果是利用對方來滿足自己自私的欲望，這樣的關係就更不可能會有互相尊重。在情感上感覺到安全的話，我們會有勇氣放下戒心，冒險一試親密關係，透露我們的脆弱，獻出我們的什麼——唯有此時我們才能以一個完整的人來體驗眞正的性生活。性行爲成了關愛與滋養的行爲，我們還能達到一種靈魂親暱的境界，將性行爲變成一種治療：沒有言語的、徹底溫柔的理解可以治癒創痛的經驗殘留下來的傷口。

我們想要擺脫罪惡感唯一的方法是面對並且承認自己的罪惡感，這麼一來，就能得到自尊。要是我們想掩藏我們的罪惡感，把見不得人的骷髏藏在衣櫃裡，它仍會不停的嘎嘎響，而我們始終會知道它存在，時時刻刻提心吊膽，因爲說不定有一天骷髏會四分五裂，掉到衣櫃門外。這份知覺會漸漸腐蝕我們的自我：我們就沒辦法尊敬自己，知道我們藏著見不得光的秘密。我們耗費了莫大的精力在牢牢關好衣櫃門上，其實我們只需要打開門，面對我們最大的恐懼，來個一了百了，就能擺脫掉這個困境。我們只要任由自己去面對罪惡感，就能夠不受罪惡感的折磨，並且甩開它，向前走。

內在的富足才是真正的成功

找到我們內在的富足才是富有。**真正的成功必定是內在的成功：外在生活和內在生命和諧一致**。如此一來我們知道自己是誰，我們知道自己的需求、夢想、才華，而且我們認眞傾聽。等我們認眞看待我們的需求和夢想之後，我們就能適當運用我們的才華，於是我們創造了一個人生，最基本的需求都得到了滿足，而且因爲我們過的人生是我們眞心想要的人生，也就爲別人以及我們的社群提供了最好的服務。只要我們不再追逐外在的財富，我們就能找到內在的富足。

金錢只是手段，不是目的。可是萬一我們眞正想要過的人生最後變成了物質財富，那要怎麼辦？只要金錢不是標的，我們就不會緊抓住物質財產不放；我們反而會在心理上有所準備，知道隨時都可能失去我們的財產。我們心懷謙遜和感激，因爲我們知道其實我們並不配擁有財富。我們並沒有強求物質財產；我們擁有的財富只是一個奇蹟的來源。

追尋深刻的人生能夠讓我們創造物質財富嗎？內在的成功一定會指向物質成功嗎？追尋天國能讓我們找到「這些東西」嗎？不能，因爲「這些東西」是加給我們的。是禮物——不是可以賺來的，無論是經由服務或是奮鬥等等努力。

因爲禮物是不能賺來的，接受一分禮就需要謙遜：我們應該能夠滿懷感激地接受禮物。從這個觀點來看，唯有謙遜的人能夠應付財富；唯有謙遜的人能夠以健康的態度面對財富，而不至於步向毀滅。如果我們覺得我們有權得到巨量的物質財產，我們就會開始保護我們的資產。就會想要確定我們可以把財富留給自己，而且我們可能會想再積聚更多的財富，以免我們的財富以後會縮水。可是一旦聚斂成了我們的焦點，我們就不是在求「他的國」，甚至「這些東西」了——我們是在設法保全「這些東西」。耶穌說富人很難進天國；不過他又說「在神凡事都能。」說不定我們可以說對天國的正確態度讓我們能夠恰當地處理俗世的財富：我們或許擁有一切，卻一切是空。上帝擁有我們所有的一切。這就說到了我們第四個自相矛盾的說法：**你捨棄的會歸還給你**。

內心裡的生意人會有疑問

我注意到有一部分的我——你可以說是內心裡的生意人——仍然不太能相信我們一無所有（唯一的例外是在每年年底，他發現帳戶裡剩餘的數目都歸各個稅捐單位所有了）。這個生意人只對外在有興趣；他把自己的定位放在他給別人留下的印象上：也就是他擁有什麼，賺多少錢，開哪一款汽車，住的房子有多大。

我跟這個生意人很熟，我也知道他來自何方：它是我的一部分，至今仍想要征服世界，以便滿足我母親的野心。我母親希望我當醫生——而且是國際扶輪會和國際獅子會，當然也是市議會的一員。這個醫生會討一個屬於國際婦女俱樂部的老婆，而且她奉獻相當時間在慈善工作上。於是我努力想要達成她的期望，卻不明白我自己的企

我們過的人生是我們真心想要的人生，
也就為別人以及我們的社群提供了最好的服務。

望並非如此。我開始研讀物理化學，爲醫學院作準備；爲了這個目標，我還私下請一位朋友幫我上數學課。

結果我只撐了一學期；之後我用就學貸款買了一輛重型機車，找工作，開始喝酒。這樣的規避責任完全是本能的反應，當時我並不了解我做了什麼：我掙脫了母親的掌控，走上自己的路。我開始研究神學，想當合格的治療師。我開始打造自己的人生，以我的眞面目來築構我的定位。

多年之後，我有一個機會向母親解釋我的人生和生涯選擇，讓她看清我是什麼樣的人。她盡力聆聽，盡力理解，可是我看得出來我說了半天她什麼也沒聽懂。那時她已經酗酒了，正在做藥物治療，和第二任丈夫的婚姻關係暴烈悲慘。我說完之後，她就事論事說她很快就會自殺；她已經處理好財務等等事宜，這樣她的孩子才不會什麼都沒有。我只是瞪著她，不知道該說什麼。

這一次的交心長談發生在一九七九年八月，那一年我二十九歲。隔年一月我母親眞的自殺了。她察覺到她沒辦法再把自己的定位建立在我的成就之上，她也就放開了生命線，再難挽回了。她的生命早已陷入了哀愁不幸，她一定是覺得除了自我了斷之外別無良策了。在我內心深處，我覺得失去了一位好母親；儘管家裡是那種狀況，她對我仍是意義重大。當時我悲傷至深，向她道別——並沒想到道別有時可以持續數十年。我的一部分仍渴盼她所渴盼的事物，藉此覓求她的愛。

不過，我注意到我心裡那個生意人現在有了同伴：一個心裡的僧侶。這一部分的我逐漸對靈性以及與上帝神秘聯繫的內在機會產生了興趣。由此展開了我的人生中對某種眞實的渴望，以及長時間的搜尋。一種內在的灼痛引領我去問生命的意義何在，我究竟是誰。我尋覓眞理——關於我自己、生命，以及上帝的眞理。

這個旅程仍未結束，而我心中的僧侶和生意人互相角力。目前是僧侶佔上風；我讓他在我的生意裡當董事長，因爲他知道我沒辦法靠自己苦苦撐持來達成任何事。他知道我越是集中在我眞正的責任上——活在愛中，並且以此爲根據，做我的工作——我越是能自在地相信經濟事物也能獲致善果。他並不是空穴來風：我的事業從九〇年代早期的大蕭條開始，除了一則報紙廣告之外，什麼市場行銷都沒做。我的事業根本

唯有謙遜的人能夠應付財富，
唯有謙遜的人能夠以健康的態度面對財富。

沒有前景——可是我卻熬了過來，而且有時還業務繁忙。

生命自有報酬

假如我們尋找的是娛樂，就應該從工作中偷得一點空閒；盡情品味娛樂之樂，我們就必須要勞心勞力、流血流汗，甚至吃苦受罪。在我們辛勤工作之後，我們才能眞正的欣賞放鬆和恢復。我們經歷越多的掙扎和痛苦，就對娛樂的需求越容易滿足——有時站著不動，品味寂靜就夠了。要是我們沒有勞心勞力、流血流汗過，休息本身就算不上是什麼享受；我們就會需要更強烈的娛樂。

下坡滑雪是我偶爾的嗜好，我得承認山坡上的擴音器實在很討厭，也讓我想不通。我們爲什麼需要音樂？是因爲一種娛樂還不夠嗎？難道說我們一定得在娛樂之上再找個樂子，才不會覺得無聊？仔細想一想，這並不是很稀奇的現象：我們到電影院會往嘴裡塞爆米花，以免覺得空虛；收音機上的新聞會有背景音樂，以免聽眾覺得無聊，轉換頻道。

生命本身不需要音軌就有足夠的戲碼了。只要我們有勇氣實實在在的活，就能夠完全體驗這一齣戲。在我們讓自己向生命投降的時候，必須不斷有娛樂的需求就會消失。

假如我們想得到孩子的認同，就必須不去強索。也就是接受爲人父母的職責，有勇氣去鑿出兩代之間必有的代溝。要想得到眞正的親密，需要一些距離——當孩子的好哥們就太過親密了。孩子能夠自由自在的當孩子，先決條件是有一個在情緒上成熟的成人定好規矩，不會被他們的情緒失控而嚇倒，不會急切地尋求認同，而且有勇氣等待時機成熟時讓尊敬來叩門。

依賴通往自由

我們找到了全然的依賴，也就找到了眞正的自由，但那得要放棄虛假的自立自強感覺。我們無論做什麼都要依賴他人；這是我們迴避不了的生命眞相。酒鬼、毒蟲、工作狂、權力玩家，這些人都想要靠自己來迴避眞相——結果只發現自己被囚在無愛的世界，最終摧毀了自己。如果我們擺脫了控制人生的幻覺，我們就可能讓自己自由去愛。愛是深刻的知覺到我們仰賴別人，深刻的認識到我們不能孤獨而活。

充滿愛的依賴是一種不容混淆的價值，不該有討價還價的空間；要是我們毀滅了這個價值，就會變成欲望的奴隸。唯有在充滿愛的依賴中，我們才能得到最需要的東西；要是我們從這種依賴中跨出去，最基本的人性需求就無法得到滿足。我們如此依賴別人會讓我們顯得脆弱，而脆弱會讓我們找到眞正的自我。因爲與他人有連結，我們變成我們自己。

這下子又回到了信仰和宗教這個話題上了。眞正的信仰是發源於脆弱的，發源於我們對愛的坦然。信仰明瞭我們的無力，也承認我們依賴別人。宗教絕對不該放棄這種不確定，這種呼求超出我們掌握之外的東西。上帝是不能掌控的，就連宗教都宰制不了祂；上帝需要握有主權、無可名之、是一個奧秘——唯有這樣我們才能和上帝說話，唯有這樣我們可以聽得見上帝。我們能夠和上帝聯繫，但條件是我們得願意承認自己的脆弱；由我們的無能爲力而發出的呼號可以抵達無法觸及的力量。這是通往炫目光芒的黑暗；這是充滿了雷霆的寂靜。

5.

The less you do, the more you get done

做得越少，完成的越多

- 你花最長的時間做什麼事？
- 你認為效率是什麼？
- 你做的工作真的是你想做的工作嗎？
- 你對目前的婚姻滿意嗎？
- 你住的房子感覺起來真的是你的嗎？
- 你過的是自己的人生，還是別人設定的人生？

以上這些問號都沒有正確的答案，
但是透過這些提問，你可以面對自己最忠實的一面！
更重要的是你可以在以下的內容中找到解答。

做得越少，完成得越多

我們創造了一個以沒時間爲其特色的時代。人人都匆匆忙忙，趕赴下一個約會或下一場活動，沒空活在當下。我們似乎覺得我們總是在錯誤的時間做錯誤的事——覺得我們應該做的是別的事。總是有**別的事**，強烈要求我們注意的什麼更重要的事。

由於總是沒時間，沒有人留意此時此地，所以我們彼此也總是人在心不在。我們急匆匆往前走，無論遇見誰都只是敷衍了事。我們人到心不到，也就等於壓根就不在。因爲我們沒有一個眞正看見別人——意思是看見浮面下的眞正自我——也就沒有人來見證我們的生存。而少了見證人，我們也不再存在。

我們發明了神奇的機械儀器來增進生活品質。科技是用來把我們從冗長的例行公事裡解放出來，幫我們省時間的——好讓我們利用這些時間來投入在我們認爲眞正重要的事情上。結果又怎麼樣呢？我們有了更多時間嗎？從我們忙得像隻無頭蒼蠅一樣看來，答案是並不是。那麼我們那些偉大的發明應該幫我們省下的時間呢？跑哪兒去

我們經歷越多的掙扎和痛苦，就對娛樂的需求越容易滿足。

了呢？

許多人習慣性抱怨沒時間，彷彿那是個已知的前提——是人生的眞相，莫可奈何。他們希望有更多時間，可是時間當然是在他們的掌握之外——這一點他們就是愛莫能助。可是眞的是這樣嗎？像這樣永遠都時間不夠要怪誰呢？這是一個永不會改變的眞相，我們也是一籌莫展，還是說我們是咎由自取？

仔細分析之後，我們輕易就能看出匆匆忙忙——時間越走越快的感覺——並不眞是如此。時間的軌跡是一定的；它仍以永恆的、穩定的步調在流動。時間的本質並沒有在我們這一個世代瞬間改變。現在的時間仍跟從前一樣多，也並沒有過得更快。可是我們就是覺得時間不夠用。爲什麼？是不是我們太貪心，想要一次做太多事？是不是我們想讓時間超載？

當然啦，認爲我們沒辦法改善忙忙碌碌的狀態，這樣想比較容易。這麼一來，就不必怪自己做錯選擇。可是如何使用自己的時間的確是由我們自己負責的。如果壓根就沒有所謂的沒時間這回事，我們就不能老是拿忙碌當藉口。

沒時間總是肇因於選擇不夠明智。人人都找得出時間去做他們認爲重要的事。我們在做生活上的抉擇時，會選擇我們認爲珍貴的一方；換句話說，我們的價值觀會指引我們的抉擇。要是我們無法決定什麼是我們眞正珍惜的，什麼不是，我們就會覺得非盡量多做一些「珍貴的」選擇不可。最後我們把太多「美好」的事物塞進了生命裡，根本沒有時間去處理。我們爲什麼會做這種選擇？答案是在我們的價值觀裡嗎？我們的價值觀教唆了不智的抉擇嗎？

沒有深度，就沒有方向

膚淺的價值觀創造膚淺的人生。膚淺的人生裡沒有人性的空間。身爲人類，我們創造了價值觀，放逐了我們的基本天性。我們不再知道人類靈魂自然的、從容的節奏，於是產生了沒有靈魂的人生：靈魂被丟在後面，因爲它趕不上我們生存的快步調。等我們和靈魂失去了接觸，我們也和深層的天性失去了接觸。於是產生了空虛——一個沒有定位的人，一個少了人性的人類。

我們沒有真正看見別人，也就沒有人來見證我們的存在。

這個空虛的感覺是很難受的，所以我們得找個補償。少了深刻的、眞摯的生命，我們焦躁地製造了一個仿冒的生命：某種膚淺的替代品。我們創造了一個迷人的、流線型的自我，有市場價値——一個人工的生命，搏悸極有力，沸滾著豐饒。這種充塡空虛的強制感製造出一套價値觀來，特色是猛進、狂亂、表演壓力。於是我們就過於強調效率的重要。製造與消費成了我們的文化核心，從來沒有人質疑過製造與消費本身的目標。

我們缺乏尊嚴和眞正的自我，就依靠別人對我們的印象來衡量自己的價値。一切都是看外表；看起來好就一定好。沒有人去看表面下，因爲我們願意相信底下沒有東西：沒有軟弱，沒有不圓滿，沒有死亡。這些都很方便的掃除乾淨了，號稱是不相干的東西。我們不是從內在，而是從外在得到指引，努力在虛無的道路上節省旅行時間。

我們並沒有活著；我們是在表演生命

我們的價值觀創造了一種文化，文化中的人們沒有一刻休息。得不到休息的人不能安於素樸的本色，因爲要安於本色必須堅信他是被愛的。少了這份篤定，他必須掙扎才能贏得生存的權利，才能找到他在世上的位置。他不知道他早就有了位置了。他的持續掙扎創造了極大的緊張——他不是人類，而是傀儡，必須要磨練演技，製造出更多令人讚歎的效果，好說服這個世界他是有價值的。

舊約中，上帝說祂的名是「我是」或「今在」。**實有**就是上帝的本質。既然人類是上帝的形象，那麼實有也就是我們的本質。**實有是一種恬靜的、平靜安穩的覺悟，覺悟到我們有權利做我們自己——在這個世上是有我們的一席之地的**。既然我們有權利存在，我們就不需要掙扎。我們深信我們是值得愛的，也是被愛的。我們平靜接受自己的實有，因爲我們有生命攙扶。

一個人若是少了這份知覺，他就會想掌握生命。覺得他沒有價值，他必須讓自己

要是我們無法決定什麼才是我們真正珍惜的，
我們就會覺得非盡量多做一些「珍貴的」選擇不可。

有價値。無法相信他是被愛的，他也不給愛一個機會。他完全靠自己，變得過度的自給自足。沒有愛就會養育出不健康的自立自強：愛被剝奪，我們就不是眞的活著，而是在表演生命。

人不信上帝；他自以為是上帝

自給自足變成求生的策略之後，依賴這個策略的人實際上就是自封爲上帝。他只信任自己以及他的求生能力。他的生命範疇狹窄了；他將自己禁制在有限的生命裡，因爲他既不知道如何打破他自設的藩籬，也缺乏勇氣去打破，甚至看不出爲什麼該打破。他繞著自己打轉，只從他的作爲中尋找意義和旨趣，盡量用上帝似的態度來控制他收縮的宇宙。他大可以自認不是個信教的人，其實他眞的是——而且還很入迷。那是他自創的新興宗教，因爲太新了，還沒有獲得公開的認證。

在眞正的、健康的宗教裡，上帝既是愛又是凡人。兩者相屬，因爲人之爲人必須源自於愛。生而爲人就先設定了愛是存在的，意思是接納並且承認自身的脆弱和依賴性。生而爲人是禮物，得自愛的禮物。我們對賜予者的感激讓我們崇拜祂，於是滋生了健康的宗教。

仍在愛無法觸及的範圍之外的人並沒有接受生而爲人的這份禮物，他是用成就來創造一個定位，並且崇拜他的創造物，而不是崇拜上帝——餽贈愛這份禮物讓我們每一個都能當人的上帝。這個新興宗教的產物就是：一個過度自給自足的人皈依了宗教，卻沒有靈性。眞正的靈性給我們一份認知，知道我們有愛攙扶，我們信任這份愛，並且在愛之前流露我們的脆弱。沒有了愛，宗教並不承認脆弱，反而會否認它，因爲宗教創立之初就是爲了掩飾脆弱的。也就難怪這類的宗教會以教條規範爲特色，而不是愛及恩典。它崇拜的不是一個慈愛的上帝，它創造了一個新的神：虛假的自我。

虛假的自我就是一個人外在印象的梗概，他精心打造的假象。一個人的定位不是以愛爲基礎，他就必須打造一個假象，說服力夠，才能眩惑他自己和別人。我們有許多人泰半時間都在爲我們的假象勞碌，幫這個東西拋光美化；我們似乎當眞相信留給別人的印象就是我們眞實的自己。

這個新興宗教也繁衍出新的崇拜地點：購物商場和百貨公司，擴音器放送出佈道——流水般的廣告和最新穎的商品特價，都是供我們裝扮假象不可或缺的東西。每次我們造訪這類聖殿，我們幾乎可以感覺到我們的假象變得更穩固。面對著一排又一排爲了美化我們留給他人的印象而製造的商品，我們實在按捺不住，只能對自己的外表超級敏感。我們備受資訊轟炸，強調外在有多重要，強力促銷維護人爲定位的基本要素，種種訊息都讓我們聚焦在外觀上，而盲目於我們的人性價值。

新興宗教也有經文：五花八門的時尚、八卦、娛樂雜誌和小報，內容鎖定的都是如何打造及美化我們的假象。我們絕對不能不知道名人的去處，近來的動向，他們的穿著打扮，他們說了什麼話。這些雜誌披露的是這些嶄新的聖人眼中的神聖是什麼。於是全新的宗教偶像也出現了：專愛戲弄的人和不停尖叫的人。我們在他們面前鞠躬；我們非知道經文和偶像對於今日的現實說了什麼不可。選美皇后忘了她專情的男友；電影明星第五度結婚，說他是一個愛家的男人。對於那些一心一意想要仿效富人名人的假象的人，這些資訊可一條也不能遺漏。

這個新興宗教的神聖聚會所在網路上比比皆是。原理和眞實人生中的原理是一樣的，不過場景甚至更神聖，容許更多有創意的假象：我們可以縱情換上亮麗的、流線型的另一個模樣，以迷人的特色來妝點這個假象，再把它帶進社交圈裡，讓它和其他的假象溝通。

這類的偶遇不見任何眞誠，不過話說回來，反正他們也志不在此。沒有人對這類虛擬的關係認眞，誰在乎天長地久來著；不用多久，假象就被揭穿了，另一種巧妙的新謊言就必須立刻上場。

我忙故我在

我們的文化長期受到沒時間這種瘟疫肆虐，行色匆匆成了全新的黑死病。我們會匆匆忙忙是因爲我們切斷了實行和實有的關聯。一旦和實有，也就是我們生存的深度，失去了接觸，我們的價值觀就變得膚淺。我們追求立竿見影的效果和速食似的歡樂。我們失去了選擇長遠來看是美好人生的關鍵的能力。我們失去了智慧。因爲我們的選擇沒辦法讓我們眞的滿足，沒辦法讓我們得到內在的寧靜，所以我們希望選項能夠多多益善，而不是選項少一些，可是選擇得明智些。

我們和最深刻的自我失去了聯繫，變得不知自己的價值爲何物。覺得百無一用，我們只能靠過度的努力來建立自我價值，於是我們盡量多做，盡量有多一點成就。結果我們的拚命做、拚命表演反而成了目標，是我們人生中不可或缺的一部分，所以我們不再有能力去質疑它。四周淨是同樣活法的人，我們對自己這個埋頭猛衝、膚淺又不健康的文化變得盲目；我們偏執的生活方式成了常態。我們就像酒鬼，死也不承認自己已經上癮；我們不願去看自己的處境，雖然在局外人的眼裡是十分明顯的。其他文化認清了西方文化那種必須表演的瘋狂壓力，可是我們極度推崇自己的生活方式，反而指望別的世界能夠熱情的擁抱它。

我們創造了一個環境，這個環境沒有容許我們做人的空間。膚淺的價值觀也驅使我們拚命工作；整個的焦點都在表演和效率上，我們忽略了其他的一切，於是我們和靈魂失去了接觸。我們在效率的聖壇前獻上自己的靈魂，也就失去了深度和定位。商品變得比人更重要，在製造的過程中我們忘了自己製造了什麼，是爲何製造，又是爲誰而製造。

而商品製造了出來當然就得消耗掉。於是消耗又變成了另一個目標，是現代生活的意義。我們當眞問過自己是否想要消耗掉我們製造出來的每樣東西？我們眞的想要被定位成消費者嗎？還是說我們寧可被看成是別的東西，比方說是比較有人性的東西？

一旦我們不再知覺到愛是最深刻、最奧妙的價值，我們就會過起沒有愛的生活。沒有愛的生活意味著切斷了和自己深層的聯繫——再下一步就是切斷了和別人的聯繫。各種關係都失去了意義：人與人之間再沒有眞正的互動，而且沒有一個人是眞的人在心也在的。兩個人面對面的這種機會正在有系統地從我們的日常生活中剔除。

像購買食物這麼普通的事就可以當作好例子。小村子和附近的商店快要滅絕了。我們不再遇到和藹可親的老闆，可以跟他討論我們的購物清單，大談天下事。現在我

要改變我們這種掏空的作為，
我們一定得改變我們的價值觀。

們有的是龐大的超市，一排排的貨架連綿不盡，我們夾在陌生人群中獨自漫遊，獨自拿起我們喜歡的精美食品。

我們不再珍惜人與人之間意義深重的邂逅；代之而起的是我們熱切地消費的商品。這倒不是說我們不覺得別人有用；我們覺得。我們利用他們就跟利用東西一樣。我們眞的變成了網路大師：我們心裡懷著自私的打算和別人互動，而且主要是和能夠帶給我們益處的人來往——或是會讓我們大佔便宜的人。

我們不再滿足於爲生計所需而工作，結果就犧牲了我們自己的健康。如果做什麼都做得過度，我們就會累。可是因爲我們和深層的自我斷了聯繫，所以我們忽略了身體想要傳送給我們的信號。我們繼續保住這份好工作，保住這種不在乎的步調。我們的疲憊會漸漸變成筋疲力盡——深入骨子的累。累是生理上的，筋疲力盡是心理上的。休息充電一個晚上或是一個禮拜就能消除生理上的累，可是要從筋疲力盡恢復正常卻不是一兩天就能做到的。

筋疲力盡是內在的狀態，沒辦法克服，除非是讓自己的行爲有大改變。筋疲力盡跟我們的膚淺價值觀以及我們投入的生命是糾纏不清的。要改變我們這種掏空的作爲，我們一定得改變我們的價值觀；良善的意圖或承諾不足以帶來改變。爲了要有不同的選擇，我們必須深自期許能夠改變自己的生命。我們大多數人不會改變，除非要等我們無路可走了——等我們活得太痛苦，不改不行了。

實有從面對我們本身開始

效率的精髓是以最少的時間和精力來獲致我們想要的結果。我們要怎麼樣學習來做得少，可是卻收穫得多呢？雖然聽起來不可思議，卻是做得到的——只要我們以自己的深度爲錨。也就是說我們要讓我們的實有來指導我們做事。切記：**實有是一種恬靜的、平靜安穩的覺悟，覺悟到我們有權利做我們自己——在這個世上是有我們的一席之地的**。實有變成實行的地方。我們很快會發現在這種平靜安穩的狀態下，效率會開花結果。

我們又怎樣才能達到這個美好的讓人不敢相信的恬靜狀態呢？只要我們正視了害

我們和最深刻的自我失去了聯繫，變得不知自己的價值為何物。

我們躁動不寧的是什麼，我們就能得到休息。造成躁動不寧的原因基本上都一樣：我們的內心深處有什麼是我們不曾面對過，到現在還沒辦法坦然以對的。如果我們的慢性筋疲力盡背後的眞正理由是失去了眞正的自我，那麼想要復元，我們就必須和自己眞正的實有重新接上線。面對我們眞正的自我之後，我們就得到了休息。

面對自己意味著面對我們內在的深度。我們每個人心中都有一個存在，一個不知道什麼叫自欺的孩子。我們的眞確，我們的純正，就在那裡；在那裡我們是我們眞正的樣子。在我們內在的自我裡，我們每一個都是眞實純良的。這是我們和萬物共有的特徵。注意鳥類和蝴蝶，你可以察覺到牠們的恬靜。一隻小鳥不會努力想要當別的動物。蝴蝶就是蝴蝶，蟲子就是蟲子。地上的草很滿足於當小草。天上的雲也不會發牢騷，它繼續在天空飄蕩。狗更是完完全全的眞誠，絕對不假裝——搖尾巴的時候絕對不是假裝的熱情。

這種眞確，這種誠摯是存在於萬物天性中的——包括人類。但是卻唯有我們和天生的恬靜，我們做自己的能力，失去了接觸。可是我們能夠把這個能力找回來，只要我們願意面對並且承認內心眞正的那個我們。

愛為我們照亮進入內心黑暗的路

耶穌說眞理會讓我們自由。我相信可以這麼解釋，他所說的眞理也可以是我們內在的主觀眞相：有關我們自身的眞相。知道我們是誰可以讓我們自由，這個眞理並不只是一個抽象的哲學概念。

其實耶穌也可以說眞相會讓我們不舒服；坦白說，它是會讓我們受傷的。面對自己的不眞實並不是多麼愉快的事。我們見不得人的骷髏從衣櫃裡喀啦亂響著跑出來，這時候我們必須要面對自己的不安全感和我們的假象。所以才不會有人只爲了好玩就來做心理治療。通常大家都是在試過各種方法卻不見效之後，才會開始心理治療。我們非拖到不改變不行了，才會開始改變。唯有面對了這種痛苦，我們才能跟最深層的自我再接合起來。

可是痛苦可一點也不慈悲，它照樣能夠導致自我毀滅。我們還必須要有愛，因爲

一旦我們不再知覺到愛是最深刻、最奧妙的價值，
我們就會過起沒有愛的生活。

只有被愛包圍住的人能夠面對自己的深度。愛在我們進入內心的不安全感時可以保護我們。愛也不是一個抽象的概念，它也不是和哲學眞理、多愁善感、美麗想法有關。被愛包圍的意思是找得到某個挺我們的人，他是眞正的有心人，對我們充滿愛心。這個人願意支持我們，也知道在緊要關頭如何堅定不移。事實上，眞正的愛總是堅定的；它是那種不忽略眞相，即使眞相很傷人的愛。愛絕不會閃避痛苦和磨難，因爲它非常清楚它們的價值。愛並不會總是讓我們覺得舒服，可是它的立意卻從來不是要傷害我們。

想要面對我們內在的不安全感，我們絕對不能孤單一個人。我們需要一個已經覺悟的見證人，他知道我們要往何處去，而且會一路陪伴我們；有了這麼一位見證人，我們才能夠承認自己的軟弱。這位同伴可以是治療師、輔導員、配偶、朋友，或是自助團體；也可以是一本書或一捲錄影帶，提供某種形式的人際互動；也可以是綜合以上各種輔助。

受過苛待，我們也尋找苛待

找到愛和支持對幼時即不知愛爲何物的人尤其困難。活在無愛之中會在孩子心上留下極深的創痛。不過，小孩子是不了解這些創痛存在的。如果有個孩子的生活環境是苛待、虐待、遺棄，孩子就會習以爲常。活在這種環境下的孩子並不明白他們受到不公平的待遇，於是長大成人之後，他們也就相信是自己有什麼問題。小孩子沒辦法鑑定他們的母親或父親扶養孩子的方式究竟如何，但他們卻根據受到的待遇來評估自己的價值。小孩子完全依賴父母，所以他會先放棄眞正的內在感受，而不是先放棄爸媽。這現象叫小兒忠誠，是兒童的典型特徵：孩子把受到虐待怪罪到自己頭上。他覺得他是壞蛋，並不明白是他的父母該爲錯待他，沒給他愛負責。

漸漸地，這個孩子的存在和羞恥糾纏不清。一旦我們的存在甩不開羞恥的糾纏，我們就會在心裡背負著沒有愛的苦果，無法看清在內心爲害的創痛。我們不知道童年時錯失了很重要的東西——不可或缺的東西。我們極深的內心創傷一直掩藏著，因爲

我們大多數的人不會改變，除非要等我們無路可走了。
等我們活得太痛苦了，不改不行了。

我們看不出自己受到虐待，被剝奪了快樂的童年。

假如我們的存在和羞恥糾纏不清，我們就會抗拒愛、排斥愛——表現於外的做法就是不信任別人，也不信任他們眞的愛我們。我們排拒可靠和親切的人，反而會找那些錯待我們的人爲伴。和這樣的人作伴，我們覺得安全，因爲那是我們熟悉的狀況。

我們從外在成功進到內在成功

等我們終於接受了別人的愛之後，我們逐漸開始採取一個愛人的、關切的、同情的態度對我們自己。我們的價値觀深刻了，有人味了。也就是說，我們開始認眞把自己眞正的個性——內在自我的獨特的、眞實的個性——投射到外界了。

我們的價値觀深刻了之後，就可能會看出我們竭力追求外在的成功和欣賞有多麼空洞。一旦我們眞正的自我從內心誕生，就不再需要一個絢麗的外表來說服別人——或是我們自己——我們是存在的。活著的感覺從內部而生，那麼的強烈，讓我們慢慢的失去了虛構假象的興趣。我們不再從外面來衡量我們的成功——我們由內在來衡量。內在成功意味著我們的人生和我們眞正的個性和諧一致。

「我做的工作眞的是我想做的工作嗎？我想要這樣的婚姻嗎？我住的房子感覺起來眞的是我的嗎？我過的是自己的人生，還是別人設定的人生？」在我們眞的融入了我們應有的人生之後，自然而然就會問這些問題。

因爲我們的價值觀深刻了，我們開始眞的想要某樣東西，而不是在不同的東西間飄進飄出。建立自己的自由意志是很重要的一個象徵，表示我們和自己眞實的自我重新有了連結。如果我們想要的東西不是我們的文化認爲珍貴的東西——不再只注意表面議題或崇拜表演——突然間我們會發現自己和環境格格不入。這時，我們是要改變得夠深刻，把環境扭轉過來呢，還是我們的改變只限於計畫和良善的意圖呢？

深刻的生命不會憑空而降——而是一定要選擇

我們的價值觀深刻之後，第一個要面對的問題就是時間。爲了要聆聽我們最深層的眞相，認眞對待我們眞實的自我，我們必須學會不恍神——對我們自己，以及在我們自己心裡。一個永遠沒時間的人對他們自己、對別人從來都是心不在焉的，也從來不留意內在的變化。除非我們爲自己的忙碌負起責任來，否則是沒辦法過深刻的人生的。我們必須了解忙個不停不是我們別無選擇的情況；而是我們經過選擇，自己一手造成的。那種亂紛紛的生活方式，要怪就怪我們自己。如果說我們做了不同的選擇，那我們也可以創造出一個更從容、更舒緩的生活。更從容、更舒緩的生活並不是命中注定的；它不是宿命，專找某些人的碴，卻放過別人。它明明白白是一種選擇。

每一個進入了成長改變的過程的人都必須回答這個問題：「你想要痊癒嗎？」你想要面對自己的不安全感，活得有創意，活在愛中嗎？深刻的人生必須成爲我們委身的生活方式。我們必須非常想要，想要到願意放棄什麼的程度。

愛在我們進入內心的不安全感時可以保護我們。

今天是改變的好日子

想要痊癒意味著把時間保留下來，採取必要的步驟，啓動並且促進個人的成長。我們必須給自己一段時間來發現我們眞正的個性，維持一個深刻的生命。聽起來可能很簡單，不需要再多什麼額外的證明，可是實際上卻並非如此。儘管我們嘴巴上說想要痊癒，其實心裡面根本就沒有那麼肯定，因爲生病往往會給人一種安全感。讓我用我自己的例子來解釋。

多年以前，我決定戒菸，我發現過程有明確的階段。首先，我得因爲抽菸習慣而受罪，成了每天的痛苦，一直持續了好幾年。於是我開始戒菸。第一階段的行動是嚷嚷著要戒菸，並且做好計畫。我發了誓，試過許多不同的方法。因爲大家都知道戒菸難如登天，我覺得我沒辦法立刻就開始戒；我得等個比較方便的時間。這個時間永遠都是明天，或是將來某一天——當然不是今天。

我知道戒菸會毀了我的假日，就決定八月再戒，那時暑假剛過完。八月轉眼到了，我還沒有完全準備好，所以我又決定下個禮拜再戒。一個禮拜都過去了，我又決定隔天就戒，因爲在那個特別的日子之前我已經抽過一些菸了。我覺得要是我能重新開始，會比較容易戒菸。

這一階段一拖就是幾年。

一旦我們真正的自我從內心誕生，
就不再需要一個絢麗的外表來說服別人。

下一個階段是停止「在戒了在戒了」。我必須了解除非我斬斷抽菸習慣，否則就不會有不抽的一天。單是企圖和嚴肅的計畫是不夠的。只要我把香菸塞進嘴裡，點燃一端，我就不可能戒菸。

這份領悟讓我進入了第三階段：戒菸。這一階段的主要任務是不點菸。另外就是明白明天再做並不會比今天就做輕鬆多少。今天是戒菸的好日子。就是這麼簡單！其實，我也是拖了好幾年才得到這個領悟的。

為我們如何運用時間全權負責，這個過程也跟戒菸一樣各階段頗為類似。首先，是想要有從容人生的計畫和意圖。背後的動機或許是筋疲力盡或焦頭爛額，換句話說就是痛苦和折磨。這一階段包括一逮到機會就嚷嚷著悠閒生活的諸多好處。甚至會有人針對這個主題寫書或演講，或是成為顧問教導別人如何生活而不必有什麼變動。他們給別人的印象是他們就要棄絕行色匆匆，生活方式要有一百八十度大轉變了。他們許下各式各樣的承諾，卻沒有一次信守諾言。接著他們覺得丟臉慚愧，於是又刺激他們更新計畫，意圖更雄偉，承諾也更多。

這一階段，你可能會找個新工作或新嗜好。你取得一分新的日曆，或是安排時間體系，以爲會有什麼奇蹟出現。你毅然下定決心，安排時間給家人、朋友、配偶。可是緊要關頭，這些計畫全都給拋到腦後。老闆問你要不要參加一項重要的計畫。你實在沒有時間，所以你挪出時間來，把日曆上的家人和朋友擦掉。你覺得將來可以放棄什麼來補償他們，結果根本不是這樣。你始終沒有把立意良善的這一步跨出去，付諸行動。

被拒絕說不定是個必要的風險

付諸行動的關鍵是想要某樣東西的欲望要夠強烈——因爲太想要，所以你願意面對被拒絕的風險，比方說在職場上遭拒。一句話，你願意冒著被開除的風險。聽起來或許太極端，可是切記，你說不定會發現自己陷入了一個攸關生死的處境——你是要離開，過你眞實的人生，還是留下來，被一種最終會致命的慢性疾病侵蝕。要是你再不能工作了，甚至入土爲安了，死抱著飯碗可不是多麼令人雀躍的安慰。

為了要聆聽我們最深層的真相，認真對待我們真實的自我，
我們必須學會不恍神。

這倒讓我想起了我在某個斷癮治療中心當輔導員的時光。我在中心的職責很有趣——甚至可以說很創新——而且我肩負了極大的責任。我熱愛那份工作因爲我能夠任意發揮我的創造力。

可是漸漸地我經驗到了奇怪的症狀。我覺得頭暈眼花，世界在旋轉。早晨尤其嚴重。我記得症狀是在某次假期之前不久達於顚峰，有一天走路上班，我暈得必須靠在牆上才沒倒地。我去醫院檢查，可是醫生說都很正常；然而症狀只是變得更糟。後來，在假期中，症狀消失了幾個禮拜，我以爲不會再犯了。可是錯了——我回去上班的第一天就又出毛病了，我不得不停下來思考。我找了一位物理療法師，他認爲我的頸部肌肉極度緊繃可能就是引起頭暈的病灶。物理治療多少減輕了一些症狀，卻沒讓我完全康復。

經過了各個階段的痛苦之後，我才慢慢領悟到這些症狀都和我的一位同事有關，他不知怎地把我也拖進了他的內心情事裡。我以前沒注意到這個人對權力極有野心，而且顯然還相當自戀，所以我總是把我們溝通上的問題怪罪到自己頭上。我盡可能討好這位同事，凡事都聽他的，把事情做得更好。等到我察覺到這種模式之後，我沒有選擇，只能劃清界線。

這麼一來可就捅了馬蜂窩了，整個機構都受到了波及。我沒辦法乖乖閉嘴，揹這個黑鍋，所以我就要求和主管見面，執意要處理這個問題——否則我就辭職。主管表現得很諒解，他知道這個問題，也一直在等著我來抗議。他答應會重組人事，恢復工作上的和平，可是我總覺得他只是在息事寧人，他根本沒辦法解開職場上的這一團亂麻。所以我發出了最後通牒：如果兩個月內還不見改善，我就辭職。

我發現爲自己而戰極端困難而且危險。雪上加霜的是，我們夫妻有三個孩子，年紀都很小，在和家人共同建造了一棟房屋之後，我已經欠了一屁股債，而我又是全家唯一有收入的人。

最後我辭職了。算一算已經是十七年前的事了，從那之後，頭暈的症狀消失了，也再沒有復發過。我人生中的其他層面也都隨著時間流轉而慢慢整頓好了：我自行執業，業務量足以養家活口，減輕債務。我現在知道我的身體能夠了解我的心不清楚的

我們必須給自己一段時間來發現我們真正的個性，
維持一個深刻的生命。

狀況。要是我們忽略了身體送出的訊號，訊號就會越來越強烈，最後逼得我們非聽見不可。

選擇深刻的生命這個過程會想要求變，而且欲望之強烈會讓你的選擇和行動眞的開始改變。要是你想要有深刻的生命，你就會開始選擇健康的從容，即使這個選擇可能會與四周環境衝突，引發抗爭。這樣子的改變也會導致內在的衝突——在心底和你自己打架，一方面的你想要寧靜和平，一方面的你想把你拖回熟悉的馬不停蹄之中。雖然如此，某些嶄新的情勢已經誕生了：有了愛自己的態度，有了認眞對待眞正的自我的能力。現在你想要好好照顧自己了，因爲你不再願意忽視內在珍貴的、眞實的地方。

沉默保留了過去的足跡

等我們開始限制外在的繁忙活動之後，我們就開始分辨出內在有什麼。除非刻意停下來，仔細去看，我們是看不出我們的內在有什麼的。一旦我們把視線向裡轉移，在沉默的時刻裡，我們就會慢慢看出早該看出的東西。

我在治療工作中見證過許多這樣的例子。如果一個人定期挪出時間來探索他的內心深度，削減外在的干擾，進入專爲內在保留的時空，他就給內在的問題送出了訊號，表示他現在認爲它們很重要，願意集中注意力在它們身上。這些埋藏的問題挖掘出來了，就開始翻動，展開了一個過程。過程中，這個人就會面對自己的人生中種種至今仍未處理的經驗和事件。

我們每人的心底都有過去的足跡，等著我們來注意。這些足跡或許是過去的經驗留下的，當時我們並不了解它的意義和原動力，只是默默忍受，從來沒辦法處理。我們可能會隱藏痛苦的感覺，比方說悲傷、憤怒、傷心，或是不安全感和恐懼。要是我們從不停下來凝神細聽，辨別這些經驗的眞正意義，那它們就會像不相干的身體一樣束縛住我們的精力。

我們有意識地把注意力向內轉移，向心底過去的足跡轉移，這時候，我們就是在尋找走向眞正自我的路徑，重拾我們曾經拋棄的一切。我們不會再願意把自己的一部分丟棄了。我們反而會歡迎愛自己的態度，而這種態度會帶我們步向康復和整合。愛帶領我們和我們的破碎、我們的不完整面對面，因此而讓我們完整。而我們會變得脆弱，脆弱又往往害我們受傷。說不定這才是我們老是忙個不停的真正原因：我們在確保自己不必去面對可能害我們受傷的事物。

沉默保留了未來的通告

我們心底的沉默不僅扣留了我們過去的足跡，似乎也隱含了我們成長的未來方向。我們的將來扎根在沉默裡——我們已經上路了，只是目的地目前還不清楚。要是我們學會了停下來，傾聽內在的沉默，我們也許會察覺到未來的通告。這些暗示反映了我們的恐懼和夢想，我們害怕的是什麼，同時，希望的又是什麼。這究竟是什麼意思呢？

我們眞正的個性唯有在我們被人看見聽見的前提下才能誕生。我們學會透過別人來了解自己；我們是別人眼中的模樣。譬如說，一個孩子的傷心得到了注意，這孩子就不必把傷心往肚子裡吞，他獲准去感受傷心，而傷心也就併入了他的個性，成了他各種面貌中的一部分。

我們的內心裡還有許多是沒人看見、沒人聽見的，所以我們都還沒有全力施展開來。我們埋沒的各種面貌辛辛苦苦想要浮現出來，和我們天生的能力呼應，以我們眞實的自我而生。這個能力有一個別的名字：創造力。創造力是造物主的一個特徵，表現在祂的工作的總體上。創造必涉及變化、動作、成長。爲了讓我們活下去——不單單是生存而已——我們也必須變化、動作、成長。

我們的夢想和希望就是一部分在我們心裡運作的創造力。要是我們大著膽子傾聽我們的夢想，它們會告訴我們在未來我們應該是什麼樣子。我們的夢想邀請我們變新、變不同——所以我們才會被自己的願望嚇到。我們的夢想和恐懼都是已存在我們心裡的將來的一部分。而爲了要邁入我們的將來——邁入更眞實、更自己的地方——我們就需要勇氣和信仰。我們必須相信我們的夢想意義重大；我們必須認眞嚴肅看待夢想，投注全副的精神。我們的夢想是向勇敢的生命發出請帖——邀請自己切切實實

選擇深刻的生命這個過程會想要求變，
而且欲望之強烈會讓你的選擇和行動真的開始改變。

的活著，而不僅僅是求生或照本宣科。

人類能夠擁有的最大夢想就是被愛。這也是最危險的夢想，因爲如果我們當眞相信自己是被愛的，生命就會有急遽的變化：我們學習去信任、把自己的生命交到更大的一雙手裡。我們不再死占著安全的位置不動，我們會在生命來時見招拆招。

愛邀請我們投降，愛邀請我們信任，愛也就帶領我們去改變——讓我們內心深處的那個人誕生。

有了信任，我們就在平靜安穩中找到真正的效率

說到沉默寡言和平靜安穩，大家往往誤解了它們的涵義。這兩個詞並不是被動和懶散的意思，正相反，**真正的平靜安穩是深奧的活躍**。我們越是接納自己的實有，就越能夠隨時躍起行動。舊約中，以賽亞說：「你們得力在乎平靜安穩。」——也就是說我們眞正的力量不在匆匆忙忙、過分激烈的活動，而是在平靜的信任。爲什麼？又是什麼意思呢？

活在平靜的信任中是說獲得一種傾聽自我的能力，這種能力十分深奧，所以在我們的內心深處，我們開始察覺到和某種比自我更偉大的什麼產生了連結。我們越是傾聽深處，就會聽著聽著變成了對話。

對話並不是獨白。獨白是一個人說話，沒有人回應。對話是一個人說話，有人回應。甚至可以這麼說，對話是某人說話而我們傾聽。我們越深刻了解自己的內心對話，就越會感覺到我們是有人扶持的。我們注意到即使遇上了似乎無法克服的狀況，也會有人幫著我們突破。我們對這一點的理解越深，就越會相信對話中的另一方，我們在心裡感覺得到的另一方是上帝。**只要我們活在與上帝自覺的聯繫中，我們就會逐漸被說服，相信在深層的情感面上，我們是有人攙扶的。這就是信任。**

這種信任加深之後，我們就會慢慢地敢去信任上帝，勝過了我們對自己活動的信任。我們不再辛辛苦苦靠自己而活，反而可以平靜安穩。

不過呢，平靜安穩需要謙卑和勇氣。除非我們明白自己的力量是不夠的，自己的資源是有限的，否則我們不能平靜安穩。我們很少能夠得到這份了解，除非等到我們我們真正的個性唯有在我們被人看見聽見的前提下才能誕生。

把自己消耗殆盡了。這可不是什麼愉快的經驗，可是卻是必要的，因爲它能讓我們謙卑。謙卑讓我們自覺，少了謙卑，我們不會知道自己的極限。

爲什麼需要勇氣才能平靜安穩？我們的文化過度強調表現和效率。想要闡述文風不動的重要實在不容易，要辯護也很吃力。假如我們想要放棄過度的活躍以及對控制的偏執需求，通常我們就必須起而反抗別人對我們的期待。我們需要勇氣來保護我們自己，才不會跟著四周的人爲了超出負荷的工作量而犧牲他們的健康。

我們和自己的內心深處重新連接之後，就會從內在得到指引，從我們的實有的核心。我們做的每件事都染上了由我們從內心學習到的顏色。我們不再爲某個令人欽佩的定位而做事情；我們做事情是因爲我們擁有了眞實的自我。這麼一來，我們之前浪費精力拚命想要留下美好印象，想說服別人我們價值不凡，以表現來衡量自己，這些精力就可以省下來。我們和自己做的事和諧一致，因爲我們接納了眞實的自我。

創造力意味著你眞實的自我、你眞正的個性都存在於你做的每件事，灌注了你獨特的色彩和聲音。這樣的結果是工作的喜悅。我祖母有條毛巾上就繡了這麼幾個字：

工作的喜悅是上帝的禮物。我小時候常常看，可是並沒有多注意這句話；因爲我不懂。我只以爲它證明了祖母的虔誠。可是現在我能看出那句簡單的刺繡揭露了多偉大的秘密。

說不定我們可以換個說法，讓它更適合我們這個時代。這一改換，原句走了味道，少了詩意和簡潔，可是卻能讓現代的人更了解。

一旦我們聽從內心的指導、深刻的靈性價值觀的指導，我們就跟生命固有的不安全感和解了。我們有勇氣以一個完整的個人，存在於我們做的每件事裡。於是在我們做的每件事裡，我們創造了新穎的東西，並且體驗了喜悅。

我們的個性給我們的工作染上了色彩，這時我們不再感覺有必要每次都以同樣的方式做同樣的事。我們不再受恐懼的支配；迴避錯誤不再是當先的課題。我們反而有一股自然的、健康的衝動，想要創造什麼新東西。還是一樣，儘管我們新找到了內在的安全感，可是創造新東西仍需要勇氣來面對脆弱。在我們讓個性表現在我們做的事情時，我們就是在冒風險——畢竟創造意味著用不同的方式思索行動，公然反抗現存的模式、架構、陳規。那些死抱著「應該如何」的人心裡覺得不安全，而不安全感阻止了他們冒這種風險。眞正的創造力總是帶有一點點英雄氣概的。

從容和勇氣結合後，就出現了似非而是的效率：事半功倍。這是我們在旅途中遇見的第五個自相矛盾的說法：做得越少，完成得越多。

我們和自己的實有和諧一致，並且接受內心深處的指導，這時我們做得少。做一大堆的事不再是目標——我們選對了事做，因爲我們對自己眞正的自我以及最好的未來有了更佳的判斷力。我們覺得心中平安，一種全新的勇氣於焉而生：以我們的眞面目存在於我們做的每件事裡。我們找到了新的、有創意的解決方案，因此而增加了效率——從平靜安穩中得來的效率。

6.

Only alone can we be together

唯有孤獨才能讓我們相聚

- 你談過幾次戀愛？
- 你分手的理由是什麼？
- 只有被另一半依賴你才覺得被尊重嗎？
- 你不敢說出「不」這個字。
- 當別人不給你支持與鼓勵時，你怎麼辦？

以上這些問號都沒有正確的答案，
但是透過這些提問，你可以面對自己最忠實的一面！
更重要的是你可以在以下的內容中找到解答。

唯有孤獨才能讓我們相聚

今天，婚姻破裂成了常態，而不是例外。我們發現越來越難讓兩人的結合維繫下去。結果，我們似乎失去了走入婚姻的勇氣。我們寧選其他的安排，因爲那麼一來比較容易脫身。

是什麼讓我們這麼難建立持久的聯繫並且謹守一段感情？在無數的例子裡，婚姻失敗都是因爲一方無法尊敬另一方是獨立的個體。這份尊敬牽涉到承認並欣賞另一半的自主權，並且給予空間。

愛會滋養並且鼓舞個人的性格。它盡力創造一個氣氛，讓每一方眞實的自我都能生存，讓我們可以體驗並表達我們性格的全部深度。唯有尊敬雙方的個人性——他或她的完整性和自主權——得到實踐，愛才能在一段感情中茁壯繁茂。這樣的感情才能讓我們在對方眼裡是眞正的我們。

要是我們不能欣賞另一半的自主權，我們就是無力或拒絕去看見另一半的眞面目。我們的認知被童年或青少年期起就得不到滿足的需求——跟我們父母有關的需求——給扭曲了。我們不能指望由我們的配偶來滿足這些需求。

可是我們不滿足的童年需求卻沒有隨時間而減弱或是消失於無形，而是在我們心裡抱窩，絕對眞實，而且壓迫著我們，矢志要求滿足。我們的過去開始用不實際的期望來損壞我們的現在，不再能夠分辨出那是童年時的需求。這些需求在眼前變成了不可理喻的苛求，通常對象都是我們最親近的人——最常見的是配偶。我們也許會反抗個人的界限，不尊敬我們重要的另一半是個獨立的成人。我們把過量的責任加諸他們身上，指望他們能驅散我們的傷心難過。我們和配偶並不是平等的夥伴關係，而是爲了我們自己的目的來剝削這個關係，表現的形式有許多種，比方說我們會死纏著配偶不放，期待他或她能提供我們根本沒有任何成人能夠供應的安全及保護。

生命本就不安全。小時候，我們有權利期望四周的成人給我們庇佑和保護。可是長大之後，我們必須逐步學習去面對，獨自面對生命隱含的不穩定和不安全。有些成人就是不願意扛下這種責任，反而依賴別人，拒絕長大，指望別人接下他們的成人角色。他們遇到了阻礙總是責怪他人，指望別人爲他們的傷心難過負責，結果他們表現得像小孩子，從來不需要付出，從來不必爲他人設想。他們死也不承認自己有什麼責任義務，他們只認定自己有權如何如何。

生命是我們沒辦法交給別人代理的責任。我們長大了之後，就絕不能再期望別人當我們的母親或父親；我們必須要做自己的父母。我們必須長大，變成獨立的個人，願意爲自己的人生承擔責任，如果需要，也願意正視我們的過去。

我們的過去是愛情裡的輔輪

下列的兩個例子都說明了過去的未解之題如何阻撓我們徹底活在當下。我們無法看見伴侶的眞面目，反而只看到被自己過去的需求所扭曲的形象。不自覺地活在過去，又在象徵層面歷史重演，變成了我們存在的「正常」狀態。可是在愛情裡，絕對會出現問題。每個伴侶都會不快樂，責怪另一方造成了自己的悲哀。每一個都想要改變對方。因爲被過去禁錮了，兩個伴侶都沒辦法長大。

「妳在哪裡，堅強的女人？我在這裡，妳虛弱的夥伴。」

一個拒絕長大的人會排斥所有的責任。他找別人——配偶最爲常見——找個願意分擔更多責任的人。他是怎麼做到的？

憑直覺。他送出下意識的信號，那些符合他要求的人自然接收得到。比方說，男人可以送出無助的信號，透露出他在找一個願意照顧他並且扮演母親角色的女人。如果把這些秘密的信號解讀出來的話，很可能就像這樣：「妳在那裡，堅強又有力的女人？我在這裡，妳虛弱、無助的夥伴，我是永遠也離不開妳的男人，事事都得依賴妳！我要妳幫我負起責任來。我需要妳因爲我不想長大。我需要妳當我的媽。把我護衛在妳的羽翼下！」

在下意識的層面，這些秘密信號會打動某個正在找人來照顧的女人。她可能早就有照顧別人的漫長歷史，從年幼時照顧父親或母親就開始了。照顧別人成了她的定位中不可缺的一部分。她只有變身爲別人依賴的人才能和別人接軌。假如她一開始就被別人看成是一個總是會幫忙並且諒解他人的人，那她也會學著如此看待自己。她缺少爲自己著想、留意自己需求的能力，只是一味注意別人，總是關心別人是否安好，犧牲自己的需求來迎合別人的需求。

任何女人接收到無助男人送出的信號，都應該會警鐘大作。不過無我的女人卻聽不見警鐘——就算聽到了，她也會誤以爲是婚禮的鐘聲。她一頭就栽進了愛河，覺得終於找到了此生最愛。可是這一對男女卻沒辦法以平等的夥伴關係一起生活，反而是過去未解的課題扭曲了他們看待彼此的方式。下意識裡，他們的過去會破壞他們的現在。他們並不是愛上了對方，他們是愛上了終於可以讓童年需求滿足的希望。

「你在哪裡，軟弱的人？過來這裡讓我控制你。」

再談談另一個例子：一個女人長大了卻無法與自己的母親認同。這個做母親的或許排拒她的女兒，當她是一個威脅到她的競爭者。說不定是這個做母親的始終不能接受自己是個女人，始終沒學會珍惜她的女性特質。她很可能是童年性虐待的被害人，一直沒有機會克服痛苦的經驗。她沒有其他選擇，只能壓抑事關虐待的一切記憶及感覺，因而不知道虐待的後果仍然影響著她的性別。她不喜歡體內的這個女人，所以也不喜歡在女兒身上看見的女人。她無法疼愛自己的女兒，不喜歡跟她親近，而且很少碰她、抱她，或是表現母愛。她也許把女兒照顧得很好，可是只是出於責任感。因爲她心中懷著內疚，愧於不能愛她的孩子，所以她反而盡量當模範母親，一切都「照書上來」，其實她仍和自己的孩子很疏遠。可是因爲罩上了一層完美的面紗，所以母女間的距離始終沒有人注意到。

做女兒的沒有機會從母親那兒學到當女人是怎麼回事。少了親密關係，她沒辦法從母親那找到她需要接觸以及仿效的女性對照物。她和自己的女人角色一直沒有接觸，不能去愛、去尊敬心中的那個女人，因爲她母親忽視了那個女人，也排斥那個女人。

也可能做父親的在行爲舉止中告訴孩子他並不尊敬他的妻子。父母的關係最大的特色可能是缺乏眞正親密，結果影響了父母親情緒上的健全。做父親的把怒氣和挫折發洩在妻子身上。他以數不清的方式讓妻子知道她有多無能、多白痴、多低等。原因可能是這個做父親的並不承認內心的軟弱，反而學會了去輕蔑它。他很可能把女性的溫柔當成是軟弱，所以他攻擊妻子心中的女人，以他對待自己軟弱的不敬來對待她。這麼一來，他也教導女兒不尊重她自己。做女兒的從父親的批評和輕視中解讀出自己身爲女人的價值，學到了她是沒有價值的人。

爲了獲得自信和自尊，做女兒的別無選擇，只有認同父親。她感覺不像個女人，可是她知道她也不是男人。她覺得有必要爲缺少男子氣概做補償，於是她盡可能表現得像個男人。切斷了女性特質，她萬般辛苦地爭取男子氣概。她覺得和父親比較親近；有了他的鼓勵，她甚至會把對母親的愛全部移轉到父親這裡，和他一起排斥他的妻子。輕視她的母親，做女兒的也學會了輕視自己是個女人。

接納自己女性特質的女人很清楚身爲女人的價值，對她而言，身爲女性是一種自然的存在狀態，不是什麼她需要彌補的威脅或缺憾。她樂於和男人共同生活；她和丈夫立足點平等，即使她和他不一樣。他們的平等是建立在對彼此本色的尊敬上，無論

接納自己女性特質的女人很清楚身為女人的價值。

是兩人的相異處或是相同處。

上述的例子裡當女兒的不能和母親認同，又缺少了健康的女性楷模，等她長大之後，她就會變成心理分析理論中的「有陰莖的女人」。她模仿父親無情的舉止，想要彌補自己不是男人——她相信唯有這個性別才有價值、才值得欣賞。無法以女人的身分和男人展開平等的夥伴關係，她尋求的配偶會是一個讓自己被控制、被支使得團團轉的人。他們的關係永遠是持續不斷的權力角逐，形之於外的模式就是不停的衝突和爭吵。女方覺得必須強勢——強勢到足以抑制男方的陽剛對照，免得她必須面對自己的女性特質。

這樣的愛情是不會有眞正的親暱的，因爲男女雙方對彼此而言都不是男人女人。他們都覺得空虛，對兩人的關係覺得不自在，因爲兩人的需求都沒有滿足。在他們的權力競逐中，他們把自己的煩惱怪罪到對方頭上，這就讓他們更難找到親密關係。

只要他的妻子在場，做丈夫的就覺得不快樂，可是他也說不出個所以然來。只要他願意接下悲慘男人的角色，這一對男女就可以不用去面對他們的痛苦。可是如果這個男的開始質疑自己的角色，拒絕由他的妻子來界定兩人的關係，他就會創造出危機來，而這個危機可以帶來成長——逼得伴侶雙方無路可走，只能正視他們的痛苦，加以處理。否則的話，他們可能只剩下走上離婚一途。

除非我們看見自己，否則看不見別人

唯有彼此尊敬，一段感情才會茁壯；換句話說，伴侶雙方必須看見對方的本來面目。少了這份尊敬，愛情就不是兩人結合，而是利用對方。要結合當然需要一個可以結合的人，所以雙方都必須與自己眞實的自我連結。我們必須了解我們自己眞正的性格，才能認清並且尊敬別人的性格。所以第六個自相矛盾的說法來了：**唯有孤獨才能讓我們相聚**。

要是我們不清楚自己的過去，我們無可避免就會一直活在過去。如果我們被個人的過去所監禁，我們眞實的性格就不會誕生。我們的過去扭曲了我們看自己的角度，也扭曲了我們看別人的方式。要看清別人的眞實面，首先我們必須眞正看見自己——

而爲了要看見自己，我們就必須移除遮擋了視線的障礙。我們必須面對過去，察覺出過去隱藏了什麼。

面對過去的話，我們得一肩挑起責任來。這句話的意思是不能再把自己未解決的問題怪罪到別人頭上。我們自己的不幸不能再推給朋友、同事、鄰居、超了我們的車的人——而且我們也不再埋怨自己的人生沒有變得更美好都要怪我們的伴侶不肯改變。

一肩挑起責任需要我們承認自己的不完美與不完整。只要我們對自己的缺點盲目，否認我們需要長大，我們就很難不把自己的不快樂都推給伴侶。可是通常我們都要等到痛苦承受不住了，才會承認；我們都是等到痛苦變得太強烈，逼得我們不得不去正視，這個時候我們才會願意承認。

假如我們指望別人來扛起我們的痛苦，就不會有成長。再回到先前那個無情的女人和軟弱可悲的先生那個例子。如果男的繼續扮演他現在的角色，他的妻子就沒有理由要去正視她的問題；她對權力和控制的幻覺並沒有受到威脅。而這個男的也沒有成長，沒知覺到他肩負了別人的痛苦，除非他能夠認清自己。

正視自己的痛苦絕不是什麼愉快的經驗。與其面對我們自己的不完整，怪罪別人要方便得多。可是承認自己的不完整卻是讓我們學會尊敬別人的不二法門。除非我們做到了尊敬別人，否則我們的感情就會缺少眞正的親暱，我們也無法和重要的另一半共營平等的關係。

對他人缺少尊重通常都脫不了膚淺的自我認識。我們對自己知道得越少，就越覺得有必要批評、月旦、譴責別人。新約說得好，我們看見鄰居的眼裡有刺，卻看不見自己眼裡有梁木。我們批評別人、譴責別人，爲的是避免正視自己的軟弱。我們輕視別人，其實我們眞正輕視的是我們心裡不願承認的東西。我們對別人的評斷其實評的是我們自己，多過了我們瞧不起的人。我們想要迴避的內心邪惡越大，我們譴責別人的需要就越強烈。我們越是深入認識自己，就越能夠尊敬別人。

愛只能活在徹底的自由中

我們批評別人、譴責別人，為的是避免正視自己的軟弱。

眞正的愛只能活在徹底的自由中。伴侶雙方都能無條件愛對方，不預設什麼要求或立場，這樣的愛情就有徹底的自由。愛情是強求不來的，也不可能出於責任而去愛某人。可是一個拒絕長大的人卻會強求愛情。他強求伴侶當他的父母，好讓他做個長不大的孩子，不需要爲自己的人生負起責任。

唯有等我們爲自己的人生負起責任之後，我們才能夠擁有眞愛。我們願意爲自己的麻煩負責；不把麻煩推給別人。我們知曉自己的過去，知曉它如何影響我們的現在，就算我們不是時時刻刻都知道，我們也總是樂意自我分析。責怪別人並不會讓我們覺得舒坦。

我們也知道我們自己情緒上的健康是我們自己的責任。要是我們在一段感情中不受尊重，我們不會沒完沒了的抱怨——而是會想辦法改善。我們明白改變別人是不可能的，所以我們不會選這條路。我們也了解我們有責任讓伴侶知道我們在這段感情中是否自在。另外，我們很清楚不能強迫我們的伴侶成長；雙方都有權自己做選擇。當然，我的意思不是受到不尊重的對待我們就該認命。如果伴侶雙方遇見這樣的情況卻還不保護自己，對雙方都是莫大的傷害。要是有某一方就是不願承擔起個人的責任，那麼與其默默堅忍，還不如離婚健康些。

不過許多人安於虐待，因爲他們的恐懼阻止了他們拋下一段不好的戀情。他們害怕孤獨。他們害怕被拒絕，而這解不開的心結綁得太緊，讓他們情願留在最糟糕的關係裡。他們死也不肯離開愛虐待的伴侶，願意忍受一切，只要能讓他們不必獨自面對自己的人生。他們不願面對自己的孤獨，除非他們覺得太不幸、太悲慘、太窒息，實在是走投無路，只有拋開這段感情一途。

其實，在這種情況下，面對潛在的孤獨才是成長的唯一途徑。拋棄一段虐待的戀情需要正面的憤怒——讓我們掙脫虐待的力量。可是如果我們對遺棄的恐懼阻止了我們運用這股力量，憤怒就會向內悶燒，一點一點變成苦澀、絕望、仇恨，和狠毒。

我們可以分擔別人的痛苦，可是不能卸除它

跟那些對自己的感覺負責的人作伴是很舒服的一件事，不會有遍地的地雷，讓我

面對潛在的孤獨才是成長的危一途徑。
拋棄一段虐待的戀情需要正面的憤怒，讓我們掙脫虐待的力量。

們必須臨淵履冰，步步爲營。但是這樣的地雷卻包圍了那些過去有重要問題沒有面對或解決的人。在這些人身邊，我們必須提高警覺，以免誤踩了情緒地雷。踏錯一步、說錯一句話就可能會引發爆炸。

那些正視過去，並且對自己的情感負責的人比較容易預測，他們的反應中庸、合理、容易理解；總歸一句話，他們表現得像成人。

等我們爲自己的生命負起責任之後，我們就能夠和另一個人培養親密關係，而不會想要幫他來過他的人生。我們尊敬對方，與他的實有核心拉開一定的距離——因爲那塊地方是私人的、神聖的。我們知道與某人親近指的是分擔他的煩憂痛苦，不過，未必見得就是得設法移除他的煩惱。要是我們尊敬一個人，我們就不會干涉他的人生，自以爲理直氣壯地想去援救、輔助，或治癒他。我們明白我們是不可能知道別人的是非對錯究竟是以何爲準則的。就連上帝都不會不請自來。

痛苦、焦慮、磨難能夠鼓勵成長。如果我們面對我們的痛苦，至少是部分的痛苦，我們就體會得到這點。因此，我們不會想要幫某人免除痛苦，而是允許他面對痛苦，並且加以克服。可是我們會陪在他身邊，提供同情與支持。

我們經常誤以爲幫助別人就是把別人的責任往自己肩上攬。我們插手接管——開始替他們過起日子來。我們覺得有必要把他們保護得無微不至，不讓他們受到一點點傷害，卻忽略了我們可能才是最大的傷害。我們避而不談眞話，以免會傷了他們的心。我們似乎不了解眞話或許逆耳，卻是傷不了人的，反而能放我們自由。

我們的責任是說出眞相。當然啦，我們並不因此而有權當著別人的面把痛苦的眞相摔到他臉上去。眞相必定是以愛爲基礎，不會蓄意傷害。如果我們坦然面對自己的痛苦，我們就會清楚這一點，所以我們不怕告訴別人他未必想聽的眞相。別人對眞相的反應如何，並不是我們的責任。

最常見的情況是，我們的恐懼阻止了我們說出眞相，比方說，對我們的配偶。我們害怕伴侶的反應——尤其是他的憤怒——而且我們害怕遭到拒絕。我們在伴侶身邊躡手躡腳，唯恐踩到什麼情緒地雷。我們不讓他知道我們的感受。這樣不計代價的迴避衝突，其結果是我們剝奪了愛，因爲通往眞正親密之路是由誠實的衝突鋪成的。在

真相必定是以愛為基礎，不會蓄意傷害。

我們「保護」我們的伴侶，不讓他得知我們的感受時，我們其實是在操縱他。我們並不誠實，我們非但不展現眞實的色彩，還把眞相也染上了顏色。我們把自己眞正的性格和想法藏在一個包裝精美的包裹裡，覺得這樣子比較合我們伴侶的胃口，結果我們是在控制我們伴侶的反應，不讓他爲自己思考。

要是我們以這種方式來保護我們的另一半，我們不但是輕忽，而且也放棄了我們的自我。我們一步一步遠離了眞實的自我，在操縱中迷失了方向。要是一方用責怪、愧疚、憤怒來掌握另一方，受到威嚇的一方會逐漸失去自我。而一旦失去了自我，就不再有能力去愛，因爲愛是唯有毫不虛假的人才能夠傳遞的感情。

如果我們和別人共同生活，而不是爲對方而活，我們就不會有拯救另一半的欲望。我們明白我們改變不了他，也不能苛求他。沒有必要「幫助」他或給他忠告，沒有必要死纏著他不放，沒有必要爲他做決定或是盡量讓他看不到眞相。不過，也沒有必要放棄他。我們可以跟他分享我們的人性。我們可以站在他身邊，跟他一起驚訝。我們可以變成他的驚訝夥伴，陪他一起走上發現與冒險之旅。因爲沒有必要扮演上帝，我們可以自由自在地當人：在偉大發現的邊緣驚異、探索。

「不」是神聖的字

等到我們爲自己的生命負責，靠自己的兩隻腳站穩之後，我們就敢說不。「不」是一個神聖的字。外表上看，它似乎很渺小，不怎麼有戲劇張力，可是它卻負載了無窮的力量。

說不，我們就冒著被拋棄的風險。別人可能會覺得我們不親切、不客氣，甚至還認爲我們錯了。因爲如此，在別人不給我們支持和鼓勵的時候，我們必須要依賴內心的什麼。這個內心的什麼就是我們的定位，我們生存的核心。要是我們有勇氣說不，我們表達的——不但是針對別人，也是針對我們自己——是我們相信什麼，勝過了取悅別人。這又是一個活得危險、活得有創意的好例子。

這種有創意的過程榮耀了我們的本體。要是我們爲了得到別人的接納，總是妥協，我們就拋棄了眞實的自我。可是只要我們在自我之中找到了安全感，我們就會有

如果我們和別人共同生活，而不是為對方而活，
我們就不會有拯救另一半的欲望。

勇氣說不，忠於自己的核心存在。

一旦我們能夠說不，我們就不再強求別人的愛，而是在我們自身尋找愛，指引我們的問題深入我們的存在：生命中有什麼是我可以依恃的嗎？有誰的膝蓋是我能靠著休息的嗎？生命的意義難道就是聽憑無以名之的混亂宰割，還是說一切都自有它的意義？簡單一句話，我們問的就是有沒有上帝？

事實上，有沒有上帝就是在問有沒有愛——因爲如果這個上帝不是一個慈愛的上帝，那麼問有沒有上帝其實並沒有什麼差別。所以生命最大的疑問並不是有沒有上帝，而是有沒有一個慈愛的上帝？

生而爲人意味著走入孤獨，認清我們和別人都是各自獨立的。我們必須有勇氣一個人孤零零的卻相信有人愛著我們。除非我們體驗到愛，否則是不可能找到我們眞實的自我的。唯有找到了眞實的自我，我們才會知道自己是誰，有能力和別人深刻地結合。

7.

Only together can we be alone

唯有相聚才能讓我們孤獨

- 細數一下可以一起談心事的朋友有幾個？
- 你認為真正的獨立是什麼？
- 只要遇到困難你第一個反應就會否定自己嗎？
- 你覺得獨立自主很棒嗎？
- 你常常一個人旅行嗎？
- 你常常與人分享嗎？

以上這些問號都沒有正確的答案，
但是透過這些提問，你可以面對自己最忠實的一面！
更重要的是你可以在以下的內容中找到解答。

唯有相聚才能讓我們孤獨

人類生下來就是要和別人交流的。我們每個人都需要一個情感上親密的族群，讓我們活出眞正的自己。經由交流，我們吸收到成長爲人所需要的情感糧食。

交流是孤獨的相反，意思是深刻的互動：將我們的脆弱暴露給別人，讓他們進入我們最深的秘密以及小心護衛的區域。我們的定位就是從別人跟我們親切信任的互動中形成的。在這樣的互動裡我們就成長到適切的尺寸。我們得到健康的比例觀——亦即了解我們靠自己能夠做到什麼，以及幾時需要他人的協助。換句話說，交流可以防止我們過度的自力更生。

爲什麼我們不能過度的自力更生？我們的文化一般是把自立自強視爲美德的——甚至還是必要的德性。不過，我要在自力更生和爲別人的生命負責之間劃下清楚的界線。我用的說法是過度的自給自足或是不健康的自給自足，這個意思是說我們竭盡所能自己照顧自己，因爲我們無法信任別人會照顧我們。一個過度自給自足的人並沒有

我們的定位就是從別人跟我們親切信任的互動中形成的。

接納自己的軟弱，所以他總是表現得很堅強，藉此掩飾他的脆弱——做法就是永遠不需要別人。就因爲這類的自力更生是以否認軟弱爲基礎，所以才是虛假的堅強。而和別人接軌可以防止我們有這樣的誤解。

讓我們眞正的性格凸顯出來就等於暴露我們的內在自我，不僅是對別人暴露，也是對我們自己暴露。我們大家都難免會害怕心裡的未知世界：我們受壓抑的記憶與情緒。心理誕生的時候，我們性格中受壓抑的部分和隱藏的潛能會浮出表面，與我們有關的眞相也會全部揭露。全新的東西出現了——新鮮又脆弱的東西。

心理上的誕生就和生理上的誕生一樣高潮迭起。生理上的誕生是嬰兒把頭和整個身體擠過狹窄的產道，來到人世。生產的過程十分激烈，而新生兒是否能夠存活都是一個大問題。在這個第一次的擁抱生命中，只有一件事是確定的：嬰兒不能留在子宮裡。他必須離開，朝未知前進。

心理上的誕生也是一樣，這時一個人會變成有個性的人。心理誕生唯有在我們認清了自身的軟弱，和我們的脆弱及無能爲力第一次接觸之後才有可能發生。這個深奧的經驗挑戰我們，要我們改變，同樣的，也只有一件事是確定的：我們會得到愛。

求生策略偽裝了沒有愛

沒有愛，尤其是在童年時，我們眞正的性格就無法存活茁壯。我們的性格如果仍深深掩埋住，會怎麼樣？我們會創造求生策略。

我們會認同自己的求生策略，弄到最後，求生策略反倒成了我們虛假的自我。我們揹著虛假的自我進入了成年期，透過這個虛假的自我和人事物以及我們自己互動，眞正的自我卻仍隱藏著。我們的人生甩不開過去的糾纏，說得更精確一點，也就是我們過去沒有愛的經驗陰魂不散。

負面的個人主義是孤立

一個人如果得不到讓他能夠發展並且觸及全部潛能所需要的愛，他就會困在一所不滿足的需求所築出的監獄裡。他無法看出別人的眞面目，只看見別人想讓他看見

負面的個人主義總是以恐懼為根本，一種不安全、沒勇氣的感覺。

的部分，最後的結果就是負面的個人主義：因爲他本人需要的太多，所以他無力付出——付出給自己、給他的孩子、給任何人。一個匱乏的孩子可能會引發父親或母親的恨，因爲他自己也缺少了孩子要求的東西。

負面的個人主義在我們的文化中正逐漸變成一個心理上的傳染病。我們的族群觀瓦解，連帶的我們和其他人接觸的機會就變得更少。我們越來越孤立，而我們迫切需要的愛也變得更稀少。我們有的愛越少，內在的赤字就越大，我們能夠付出的就越少。這就是爲什麼人人東奔西走忙著自我實現，而其實他們追尋的就是愛。

負面的個人主義總是以恐懼爲根本，一種不安全、沒勇氣的感覺。只有被愛環繞我們才會覺得安全；失去了愛，我們也失去了安全感。生命中有了愛，我們就學會倚靠他人。要是我們連上這關鍵一課的權利都被剝奪了，我們就會退而尋找我們覺得唯一可以依靠的支柱：我們自己。

而最後的結果就是孤立。要是我們沒有機會和親切善良的人互動，體驗不到那種安全感，我們就不會信任別人。我們不讓任何人接近——即使我們是住在人口擁擠的地區。其實，我們還可能會利用忙碌的社交活動來逃避眞正的親密，我們讓一群又一群的人圍繞住，根本沒有時間去深入認識任何一個。

正面的個人主義能打造社群觀

在處理童年未獲滿足的需求上，負面的個人主義並不是唯一的選項；我們還可以選正面的個人主義。不過，前提是我們的成人生活必須有愛。正面的個人主義在我們最深層的需求滿足後誕生，那時我們以眞實的自我示眾，得到注意和欣賞，別人認爲我們很重要，想和我們親近。我們也開始以別人看我們的眼光看自己。我們學會了珍惜自己，承認我們的感覺和需要。我們根據眞實的自我而活，我們深刻地認識我們的定位。

一旦我們接收到這麼多愛和注意，我們就有了付出的能力。我們不再需要從自己的觀點來看事情；我們可以把別人納入考量。我們變成了人，尊敬別人也有各自的自我。不過，假如我們仍被負面的個人主義糾纏住，那麼上述的一切都不可能做到。一

一旦卡在負面的個人主義這種心態裡，
我們沒辦法把別人當成一個主體，反而當他們是客體。

旦卡在負面的個人主義這種心態裡，我們就沒辦法把別人當成一個主體，反而當他們是客體。正面的個人主義是建立在社群和互相依賴的觀點上的；負面的個人主義卻建立在求生策略上。後者是創造來在沒有愛的情況下求生的，前者則是在愛中誕生的。

上帝是愛

愛的源頭是什麼？爲什麼我們依賴愛？爲什麼我們需要愛，又爲什麼我們費那麼多精神在自己的需要上？假如缺少愛能衍生出強悍和力量，那又有什麼不好？這些難道不是有用的好特質嗎？

上帝是愛。上帝創造了宇宙。假設這兩句話爲眞，那麼就建構了現實的核心：宇宙是愛的意志的外在形式。生命不僅僅是巧合，也不是在空茫的空間裡某個突發奇想。世界不是由混亂主宰的，生命也不是無知無感的；正相反，生命是有意義的。假設宇宙眞的是愛的意志的外在形式，生命的意義就是上帝愛祂創造的一切。也就是說，上帝愛我們以及我們所居的世界。因此，愛是創造的力量，也是一切生命形式背後最深刻的原則。

我們需要愛就表示我們在追尋的是關於我們自己和這個世界的眞理。我們追尋愛就是在追尋我們的實有的眞正本質和架構。而只要我們找到了愛，我們就找到了內在的祥和。

上帝並不是遙遠的、高高在上的、絕對的事實。上帝是宇宙內一股愛之流。祂不只存在，祂還發生。上帝是生氣勃勃的，總是動個不停，投入創造的過程。

這道神秘的愛之流不是我們的智能所能了解的。可以把它比喻成一個無遠弗屆的核子反應爐，將創造的力量導引到宇宙裡。它是一個宇宙發電機——將遼闊的銀河凝聚起來，在一個原子的極微核心裡生發並維持這個動能。它是宇宙龐大的脈搏，它也驅動人心。在我們心底我們都微微知覺到這份可敬可畏的力量，它呼喚我們與它和諧共生。

全體人類的眞實存在都和上帝的存在有關。上帝不僅是一種原理或力量，上帝是個體。因此，宇宙核心的力量泉源是「個體的力量」。身爲人類，我們也是個體，所以在本質上和上帝是一樣的。個體的概念源自於上帝，不是人類發明的，不是我們創造出來再投射到上帝身上的。人類是個體因爲上帝是個體。我們發現我們唯有面對創造我們的力量，才能找到我們最深層的本質。唯有這樣的愛才能讓我們生而爲人。

聖靈讓我們的個體誕生

這些上帝啦、愛之流的說法究竟有沒有什麼實質的意義？或者只不過是神學上的沉思？要找出答案，我們就必須分析這個問題：「誰或者什麼是聖靈？」

提到聖靈通常都脫不了各種蒙受神恩或神魂超拔的現象，包括「能說萬國方言」，預知未來，神秘的或神聖的治療等。

在情緒激動的傳道聚會裡，受病痛所苦的人被治療者一碰就匍伏在地，通常這種現象都描述成是聖靈的施法。這種說法值得懷疑。這類的聚會提供了情緒痛苦的一個宣洩口；儘管壓抑的情緒能量釋放之後確實是力道無窮，可是我們卻不該毫無疑問就接受這是聖靈的作用。那些人未必見得是被聖靈觸碰了；比較可能的是他們陷入了過去的痛苦裡。我們不會在這裡詳細分析這些現象，它需要另闢論壇，專門討論。我們要分析的是聖靈的其他層面——常常受到忽略，可是卻更加重要的層面。

愛透過聖靈又顯現了出來：這一次，是顯現在個人身上。愛對我們變得眞實。這不是說抓住愛這個概念不放——而是指體驗愛，以全身心知道我們被愛著。透過聖靈，愛變得有實質、活生生的，我們可以感覺得愛的碰觸。我們感覺自己被愛之後，就有勇氣比較脆弱，表現出我們最深處的自我。於是，一切的人類成長其實都是聖靈的作用。被這樣的愛所碰觸，我們才開始活著，而不僅僅是求生。

真正的「萬國方言」說的是愛的語言

我們可能會問：「愛對人類有什麼實際的價値嗎？」我們的日常生活沒有比對愛的需求更實際的了。每一個人都渴望愛。兒童求之於父母，配偶求之於另一半，朋友求之於彼此，病人求之於醫師，委託人求之於治療師，教區信徒求之於牧師，就連妓女都追尋愛。這是一種普世的飢渴。

我們感覺自己被愛之後，就有勇氣比較脆弱，表現出我們最深處的自我。

我們表現出眞正的性格之後，就開始說愛的語言。愛傳達出深刻的尊敬，尊敬別人的獨特不凡，尊敬他們做自己的自由，尊敬我們爲別人著想的意願。有了這個語言的輔助，我們付出支持——也得到支持。我越能做自己，就接收到越多的愛。

既然上帝是愛的泉源，我們接觸到愛就等於體驗了一點上帝。和配偶做愛就是在體會上帝之愛。我們從一名技巧高超的按摩師手上感到的關切和溫暖中感覺到上帝。治療中被看見、被聽到，我們體驗到上帝之愛。鄰居的愉快寒暄中捕捉到一絲上帝之愛。每一種眞誠的互動都說著愛的語言，因此強化了我們的性格。

愛的語言不靠文字；它不是看說什麼，而是看實際上做了什麼。常常把愛的語言訴諸文字反而扼殺了愛。治療師或輔導員最大的一個錯誤就是比較有興趣把他自己的治療或宗教原則強制加在病人身上，而不是在充滿愛心和眞摯的交流中與病人會晤。靈性上成長之後，我們就明白了愛的來源；不需要白紙黑字寫出來才知道。

愛總是真實的

愛和眞實是一起的，絕不會分開出現。少了愛，實話實說其實是很殘酷的；實話實說也不會有什麼建設性。說實話一定得以關心另一個人爲前提。如果我們讓愛和實話結合，我們就算譴責某人的錯誤言行，這人也不會懷疑沒有人愛他。

這也是慚愧和羞恥不同的地方。慚愧表示我們知道做錯了事；只要坦承錯誤，就會獲得原諒。我們並不會在過程中失去人的尊嚴。羞恥是缺少愛的後果，會損壞摧毀我們的人格，而愛卻鞏固我們的人格。愛了解我們，卻譴責我們心裡的邪惡。愛了解殺人犯、強暴犯、施虐者、竊賊，但是愛會致力於張開他們的眼睛，讓他們看見自身的邪惡。這就是結合了愛的眞實。愛讓我們睜開眼睛看見自己的邪惡之後，我們就會覺得慚愧。一旦我們知覺到這份慚愧，我們就需要慈悲——也就是需要愛。這是我們逃離批判，尋求遮蔽的欲望。

愛帶領我們持續發現自身的眞相。我們接受越多的愛，就越能處理我們的不完美及不完整——也就是我們內心的邪惡。

愛和眞實都是聖靈，亦即眞理之靈所賜予的禮物。眞相揭穿了我們的虛假、我們的罪惡，移除任何的不誠懇或恐懼，讓我們眞正的人格能夠誕生。這一種眞理從來就不會傷害或侮辱我們。它可能會痛，卻是爲了最終治療我們的實有。

愛揭開舊瘡疤

從未體驗過愛爲何物的人不知道自己缺了什麼。沒有愛變成了他人生存在的一個正常狀態。他不會覺得奇怪，反而認爲本該如此。

可是等他遇見了眞正的愛，他就會辨認出一直以來他都活在沒有愛的情況下。愛形成了一個新的背景，襯托出沒有愛的過去。於是，愛刺痛了這一個被迫過著沒有愛的人生的人。知道了這一點，我們就能夠理解爲什麼有許多帶著內心創傷的人會在和他人太過親近時，推開愛的前奏曲。

新發現的愛會喚醒敏銳的知覺，更凸顯出之前愛的匱乏——某人屈從的無愛生活以及他們造成的無愛狀況。我們一遇見眞愛——譬如說在戀情中或是治療中——就會注意到童年時稱的愛根本就不是愛，而是比較像殘酷僞裝爲愛。這時愛揭露的眞相是我們一直都把父母未解決的包袱揹在身上，而這包袱通常都化身爲羞恥。之前提過，父母若是有什麼痛苦沒有解決，有什麼未竟之業，就會把無力去愛這種情況遺傳給孩子。這樣的傳承摧毀了每一代的成長本能，讓他們無法發展出眞正的自我。如果愛在最後終於出現了，它會讓一個人醒悟，知道他有權利變得完整與獨特。

我們的傷痕變成接觸的點

內心的傷痕一旦揭了開來，會讓我們彼此更親近，因爲它能誘發誠實坦白的互動。我們的痛苦形成了人與人之間的一個眞實的共通點。唯有承認彼此共有的軟弱，我們才能互相靠近。

先前說過，力量並不能導衍出感情或憐憫。力量受到敬畏，甚至羨慕，可是卻沒有人愛。可是要愛軟弱卻很容易。軟弱是如假包換的人性；我們眞正的自我就廁身其

如果愛在最後終於出現了，它會讓一個人醒悟，
知道他有權利變得完整與獨特。

中。軟弱讓我們容易受傷害，這是一項我們秘而不宣的隱衷。我們看見別人的軟弱，就會跟它認同；因爲我們看見的是自己的軟弱——以及我們自己的人性。這就是電影和小說中的虛構人物會帶著我們又哭又笑的緣故；在他們的軟弱和脆弱中，在他們揭開的傷口裡，我們看見了自己。

當然，有些人看見別人人性的一面反而會產生輕視。這些人還沒準備好去面對他們自己的人性軟弱。他們逃避它，緊抓著自己是十全十美的幻想。他們把別人的軟弱當成威脅，提醒了他們自己的缺陷。這些人沒辦法以憐憫的態度來對待別人的軟弱，反而會想辦法佔便宜。對這類人我們是防人之心不可無，因爲他們並沒有與人親密和誠實交流的能力。犯不著跑到一群野狼裡扮演小綿羊。

愛移除恐懼

恐懼總是伴隨著沒有愛而生。前面幾章說過，恐懼來自於長期的不安全感。如果一個人沒辦法加入其他人，成爲某個溫馨又安全的社群的一員，恐懼就會產生。一個人不敢或是不知道如何和別人分攤問題和苦惱，他的人生就被煩惱、憂心、悲傷塡滿。

心懷恐懼的人必須能夠開口說出來，並且讓別人聽見，這樣才會有奇妙的事發生。我們對某人傾吐煩惱，對方用心聆聽，我們的負擔就會減輕。單是嘴巴上談論某種狀況未必就能有所改善，可是我們對它的態度卻變了。我們找到了均衡感，我們覺得自己的情況沒那麼無可救藥。我們不再被我們的問題弄得動彈不得，卻把問題看成可以想辦法解決的事情。我們與他人的連結消除了我們的恐懼和孤立。

一旦我們知道了什麼是被愛、被支持的滋味，我們就有獨立蒼茫的勇氣。我們的第七個自相矛盾的說法就是：**唯有相聚才能讓我們孤獨**。我們容忍自己的離群索居，正視我們的問題，爲自己的人生負責。在我們得到愛，並且學會加入別人，而不是凡事都依賴別人之後，我們就獲得了這種能力。

8.

If you seek enternity, live in the here and now

追尋永恆，活在當下

- 你是否對不感興趣的事情都漠不關心？
- 你不願意離開舊有的依戀，只想好好依賴它。
- 你很容易放棄一件有阻礙的工作？
- 你已經很久沒有微笑了？
- 你已經很久沒有大哭一場了？
- 你已經很久沒有好好休息了？

以上這些問號都沒有正確的答案，
但是透過這些提問，你可以面對自己最忠實的一面！
更重要的是你可以在以下的內容中找到解答。

追尋永恆，活在當下

若干世代以來，人類似乎醞釀出了一種欲望，企求今生之外的什麼。我們始終渴望更好的、更偉大的、更完美的、更恆久的什麼——而且我們一直都不願意接受死亡是一切的終點，包含我們的自我。

據說會有宗教這種東西是因爲我們會死亡。死亡是最重的提醒，最重的震撼。有一天我們就沒了，有一天我們會變成我們腳下走過的東西：塵土。

萬一眞的發生了，我們會怎麼樣？我們會留下什麼嗎？我們的軀體化爲塵土之後，我們的自我呢？我們的自我會仍舊活在靈魂中嗎？還是說我們在地球上感覺、思想、需求、施與受、愛與恨、寫詩、作曲、懷疑、恐懼、挑戰、夢想、實現美夢之後，我們會分解爲一個個小原子？這個星球上的旅者在嚐盡了一生的酸甜苦辣之後會消失無蹤，不留下一點蛛絲馬跡？我們難道只能空留回憶？果眞如此的話，還有比這更殘酷的事了嗎？誰會這麼惡毒創造出如此奇妙的實體，就爲了看他們化爲塵土？很

心懷恐懼的人必須能夠開口說出來，並且讓別人聽見，這樣才會有奇妙的事發生。

難想像還有什麼比這個更沒有愛。

所以，眞的有上帝嗎？要是上帝存在，我們就能找到比死亡更偉大的東西。因爲上帝基本上就是死亡。

可是上帝也是愛：如果上帝不愛，祂索性就讓死亡是一切的盡頭，即使祂的大能是無所不在的。可是祂讓我們自我毀滅，這就讓他成了一種摧毀的力量，而不是保存的力量。這會讓上帝邪惡，而不是慈愛。

可是如果上帝是愛，一如我們先前所說的，那我們的生命就有目的：我們獲得一個找出生命意義的機會，於是我們如何過自己的人生就有了截然不同之處。我們可以找到方向，而且我們可以懷著有愛扶持指引的認知來過我們的一生。

無論我們多努力，神聖都不會遺棄我們

我們活在一個非常世俗的文化裡，商業似乎取代了神聖：消費凌駕了生命。不知不覺中，物質商品變成了生命的核心：我們的價值在於我們的資產。消費成了神聖的

行爲。商店和購物商場是現代的廟宇，勢必一天二十四小時營業，即使是週日也不休息。

一旦沒有什麼東西是神聖的了，會是什麼情況？我們是否把神聖從生命中斬草除根了？我們是否推翻了過去幾世代以之爲文化根柢的所有價值——給予他們的日常生活一種節奏及目的感的價值？我們是否把一切的焦點都轉移到「這些東西」上了，對於來世不再有疑問和心神不寧的妄想了？要是我們冷眼旁觀現代生活的表面，似乎就是這種情況。

人類總是渴求一些超乎我們自身之外的東西。只要我們有意識，我們就會追尋超脫死亡的東西，把這份渴盼傳導到宗教、藝術、神秘主義之中，與自然交心。我們一直在尋找天堂，尋找生命起源，尋找擊敗死亡的方法。

今天我們是仍隱藏著這份渴盼呢，還是說擁有了汽車、電視、家用咖啡機、照相手機、瓦斯烤爐等等設備已經深深滿足了我們的渴求，所以我們找到了內心的平靜？我們舉目四顧，發現情況好像正相反。休息變成了坐臥不寧。安靜變成了喧嚷。存在和寂靜變成了馬不停蹄和長期的沒時間。我們似乎越跑越快，沒有時間停下來自問是要跑向何方，又是爲何而跑。

我們會跑是因爲我們失去了與內在深度，與我們眞正的自我以及生存的目的的聯繫。所以我們才跑：生命似乎離我們遠去，我們必須急起直追。結果是，我們試圖抓住任何東西，甚至只有一點點像生命的東西我們也不放過：經驗、娛樂，多多益善。可是我們跑得越快，生命卻似乎越是模糊不清——就好像我們伸出手到霧裡，胡亂地想抓住什麼。生命越是模糊，我們就不得不跑得越快，於是我們追逐我們逃避的東西：我們眞實的自我，我們的目的。可是生命用不著我們去捕捉，我們只需要讓生命抓住我們——只要我們能停下來。

這是不是說我們再也觸及不到內在的自我和深層的聯繫了？這樣的損失是否麻痺了我們的神聖感？這些問題在我前一陣子上教堂時突然閃進了腦海。

那個禮拜天教堂坐滿了人。許多人通常是不上教堂的，可是那天他們來慶祝孩子的堅信禮。儀式開始前，牧師提到聖餐式和堅信禮進行中，聖壇範圍不可攝影。他必須向一屋子的成人指明這一點；顯然——而且令人驚異——這條規則在之前的聚會並沒有受到尊重。儀式開始後，沒多久就看出許多的會眾根本靜不下來，在莊嚴的慶祝中心不在焉；他們不斷地調整照相機和攝影機。他們完全沒有想要安靜下來，感受肅穆的氣氛，而是想用底片來捕捉它，大概是要留待以後觀賞吧。他們不讓自己被神聖感動，反而想控制它。整個儀式中，手機鈴聲此起彼落，而且大家嘰嘰喳喳吵個沒完。教堂裡的整體感覺是坐立不寧。

我不由得納悶分明就是神聖的場合，不該受到干擾或中斷，爲什麼我們還需要口頭提醒？難道是我們放棄了神聖，留意更世俗的需求了嗎？不，並不是這樣的：體驗並且渴望神聖的能力仍然蟄伏在我們的坐立不寧之中，在我們的焦慮、沮喪、疲憊、混亂之中。我們對神聖的渴望仍活在我們的微恙中，我們越是和神聖疏遠，感覺就越糟。所以我們文化上的疾病其實是健康的一個徵兆：我們的希望潛伏在無望之中。

生與死之間的這段時間有何意義？

我們一直在尋找天堂，尋找生命起源，尋找擊敗死亡的方法。

任何親眼目睹親愛之人過世的人都知道他見證了某種神聖；死亡從不會讓我們沒有任何感覺——它可能震撼我們，使我們啞口無言；可是它總會在我們的靈魂留下痕跡。誕生也是一樣：抱著新生兒就像是抱著奇蹟；我們能察覺到一種說不出所以然來的神聖以及永恆的宣告。抱著奇蹟時，一切的憤世嫉俗都消失了。

假如某個親愛之人過世或是誕生時我們在場，我們會短暫覺察到現在和來世打開了一條縫；在那一剎那間，我們感覺有什麼比這一生更偉大的東西存在。

我們賦予了生命，賦予了生與死之間的這段時間什麼意義？答案端視我們如何過這一生而定。我們是否太沉迷於自己的時間觀念，所以失去了人生苦短之感？還是說我們維繫住了永恆感，知道我們是步上了前往這段時間之外的某處？這種永恆感是一種恩賜感——知覺到生命是一份大禮，不是可以賺來或強求的。我們接受這份禮物是因爲我們是受到關愛的。

可是我們要如何維繫住這份永恆感，這種驚奇的態度？我們要如何避免憤世嫉俗和疲憊的漠不關心？我們要如何不把生命當作理所當然的？以我之見，基督教信仰可以提供答案；如果我們已失去了驚奇的能力，總是把時間掌握在自己雙手中，那麼基督教信仰確實有我們應該仔細聆聽的地方。總而言之，基督教傳送的訊息是把時間交給一個嶄新的、驚人的條件——上帝的永恆之愛——會是什麼情況。

愛是一切自相矛盾的智慧的泉源

我們無止盡的哭求某種超越這個生命以外的東西，而愛就是上帝的答覆——是世世代代以來隱藏在人類心中對永恆的渴望的親切答覆。因為我們不能靠自己的努力觸及上帝，上帝就伸出手來碰觸我們；我們的角色就是接受提供給我們的東西。重要的不是我們的奮鬥，而是我們的敞開心胸和樂於接受。

可是樂於接受是怎麼回事？簡單的說就是信仰。信仰是讓愛進入我們的時間、我們的日常生活的管道——就連耶穌都沒辦法在懷疑的環伺下讓奇蹟出現。少了信仰不會有奇蹟；少了信仰，我們就只能聽憑我們的能力或是無能處置。少了信仰，就沒有永恆感，超脫這個生命的現實；我們就只有時間的法則能夠遵循了。少了信仰，就只有隨機的、有條件的愛——人類的愛，很難找到。不會有偉大的意義或目的——唯有這一點是以人的知識和能力範圍能夠理解的。

基督教的核心訊息就是我們是被愛的。上帝愛我們。這是一個嚇人的事實，因爲如果這一位慈愛的人果眞存在，那我們就必須面對一切存在的不眞，因爲我們一直沒獲得始終等著我們的愛。可是在我們能評估何者爲眞、何者爲假之前，我們先要發掘我們的內心何者爲眞。所以我們勢必要正視我們整個的生命——我們心理上的現實，我們的歷史。我們勢必要有勇氣來面對我們見不得人的骷髏，一個接一個。

我們每一個人都體驗過缺少關愛，在成年後、在童年時。沒有所謂的完美童年，因爲沒有完美的父母；沒有完美的父母，因爲沒有完美的人——只有不完美和不完整的人。

因爲缺少關愛，所以我們每一個人都很難去信仰，因爲去信仰就表示對愛有信心。我們需要這份信仰來相信愛是生命中最偉大的力量——而且這份偉大力量還不怕麻煩，變化爲肉身，把愛的訊息帶給我們。這份愛是在我們心裡的；我們可以在心裡找到生命中最偉大的成分。

愛在我們心裡

上帝之愛改變了我們知道的每件事，把每件事攪了個天翻地覆。因此，我們茫然迷失的能力就變得比有備和篤定更加珍貴。驚奇的能力現在和我們救不了自己的無能連結了起來。愛使我們的旅程成了目的地。生命是無止盡的動作、發展、改變、轉讓——放開舊的，挪出位置給新的。

我們學習到力量並不是表現在掌控別人上；眞正的力量可以在軟弱中、爲人服務中找到。我們謙卑地承認並且揭露自身的軟弱，這時我們就找到了力量。

上帝之愛也意味著信仰變得比宗教重要——假如宗教成了讓我們達到善美的主要的安全方法，那麼宗教就變得無用，而且還是信仰的阻礙。宗教是遭到誤解的信仰，是一種想賺取善美的絕望努力。這一類的宗教是愛的大敵：畢竟，好人和善人是最覺

因為我們不能靠自己的努力觸及上帝，上帝就伸出手來碰觸我們。

得耶穌有威脅的人，而且也是他們將他釘死在十字架上的。可是愛結束了我們沒有意義的自救努力，而且提供給我們救贖這份大禮。

愛耐心等待

因爲愛，我們的掙扎失去了力量——無論是努力或成就都沒辦法爲我們賺來美好人生。我們只有停下來，承認自己既軟弱又脆弱才能找到美好人生。成長並不是變得更好，而是變得更有人性，對愛更開放、更接納。我們的善不是我們自有的，而是給予我們的，我們是沒辦法靠努力贏取的。

因爲愛，我們眞正的力量不在於匆匆忙忙，無窮無盡的強制表現，而是在於我們默默信任的能力，在於我們休息的能力。我們休息的能力變成了效率的基石。

想要找到美好人生，我們需要的不是信奉宗教，滿口的道德教訓，或是毫無瑕疵，或是違背深層的天性行動。我們只需要放開心胸，接受我們是被愛的這個現實。

上帝關愛；上帝召喚；上帝耐心等待。

耶穌沒辦法從十字架上下來，即使別人嘲弄地要求他。他在十字架上展示的是愛的眞諦：在看似失敗之前的愛。可是這個所謂的失敗卻帶來了最大的勝利：這份愛奠立了基督教的基礎，這個運動改變了人類的歷史——這個運動的最終目標和最終力量仍拭目以待。

假如你追尋永恆感，超越這個生命的現實，那就活在永恆存在的地方。活在當下；活在此時此地。活在愛裡。

愛邀請我們投降，

愛邀請我們信任，

愛也就帶領我們去改變。

HOW?

你如何購買大田出版的書？

這裡提供你幾種購書方式，讓你更方便擁有知識的入口。

一、書店購買方式：

你可以直接到全省的連鎖書店或地方書店購買，

而當你在書店找不到我們的書時，請大膽地向店員詢問！

二、信用卡訂閱方式：

你也可以填妥「信用卡訂購單」傳真到04-23595493

（信用卡訂購單索取專線04-23595819轉230）

三、晨星網路書店購書方式：

一般會員——不論本數均為9折，購買金額600元以下需加運費30元。

VIP會員——不論本數均為76折，購買金額600元以下需加運費30元。

目前的付款方式：1.線上刷卡（網路上會有說明）2.信用卡傳真　3.ATM銀行轉帳。想知道更多資訊，請上網：https://www.morningstar.com.tw/service/servicecenter.aspx

四、購書折扣優惠：

10本以下均為9折，購買金額600元以下需加運費30元；團訂10本以上可打八折，但不能在網路上下單，可以用信用卡訂購單傳真或ATM的方式。

五、購書詢問方式：

非常感謝你對大田出版的支持，如果有任何購書上的疑問，請你直接打服務專線04-23595819轉分機230或傳真04-23597123，以及Email:service@morningstar.com.tw

我們將有專人為你提供完善的服務。

大 田 出 版 天 天 陪 你 一 起 讀 好 書 ！

歡迎光臨大田網站 http://www.titan3.com.tw

可以獲得最新最熱門的新書資訊及作者最新的動態，如果有任何意見，

歡迎寫信與我們聯絡 titan3@ms22.hinet.net。

編輯病部落格 http://blog.pixnet.net/titan3

大田出版在臉書 http://www.facebook.com/titan3publishing

Road 001

投降的勇氣

湯米・赫爾斯頓◎著
趙丕慧◎譯

出版者：大田出版有限公司
台北市10445中山區中山北路二段26巷2號2樓
E-mail：titan3@ms22.hinet.net http：//www.titan3.com.tw
編輯部專線：（02）25621383 傳真：（02）25818761
【如果您對本書或本出版公司有任何意見，歡迎來電】

總編輯：莊培園
副總編輯：蔡鳳儀 執行編輯：陳顗如
行銷企劃：古家瑄 / 董芸
校對：趙丕慧 / 蘇淑惠
初版：二〇一〇年（民99）四月三十日 定價：240元
四刷：二〇一七年（民106）七月三十日
印刷：上好印刷股份有限公司・（04）23150280

國際書碼：978-986-179-167-8 CIP：861.59 / 99003336

國家圖書館出版品預行編目資料

投降的勇氣／湯米・赫爾斯頓著；趙丕慧譯——初版——臺北市：大田，民99
面；公分.——（Road 001）

ISBN 978-986-179-167-8（平裝）

861.59 99003336

From：

地址：

廣告回信
台北郵局登記證
台北廣字第01764號

平　信

To：台北市 10445 中山區中山北路二段 26 巷 2 號 2 樓

大田出版有限公司　／編輯部　收

電話：（02）25621383　傳眞：（02）25818761

E-mail：titan3@ms22.hinet.net

意想不到的驚喜小禮等著你！

只要在回函卡背面留下正確的姓名、
E-mail和聯絡地址，並寄回大田出版社，
就有機會得到意想不到的驚喜小禮！
得獎名單每雙月10日，
將公布於大田出版粉絲專頁、
「編輯病」部落格，
請密切注意！

編輯病部落格

大田出版

大田出版 讀者回函

姓　　名：____________________

性　　別：□男 □女

生　　日：西元_______年_______月_______日

聯絡電話：____________________

E-mail：____________________

聯絡地址：____________________

教育程度：□國小 □國中 □高中職 □五專 □大專院校 □大學 □碩士 □博士

職　　業：□學生 □軍公教 □服務業 □金融業 □傳播業 □製造業
□自由業 □農漁牧 □家管 □退休 □業務 □ SOHO 族
□其他 ____________________

本書書名：0715001 投降的勇氣

你從哪裡得知本書消息？

□實體書店 __________ □網路書店 __________ □大田 FB 粉絲專頁
□大田電子報 或編輯病部落格 □朋友推薦 □雜誌 □報紙 □喜歡的作家推薦

當初是被本書的什麼部分吸引？

□價格便宜 □內容 □喜歡本書作者 □贈品 □包裝 □設計 □文案
□其他 ____________________

閱讀嗜好或興趣

□文學 / 小說 □社科 / 史哲 □健康 / 醫療 □科普 □自然 □寵物 □旅遊
□生活 / 娛樂 □心理 / 勵志 □宗教 / 命理 □設計 / 生活雜藝 □財經 / 商管
□語言 / 學習 □親子 / 童書 □圖文 / 插畫 □兩性 / 情慾
□其他 ____________________

請寫下對本書的建議：

※ 填寫本回函，代表您接受大田出版不定期提供您出版相關資訊，
大田出版編輯部 感謝您！

＊請沿虛線剪下，對摺裝訂寄回，謝謝！